盗っ人長屋

大江戸秘密指令 6

時代小説

二見時代小説文庫

目次

盗っ人長屋――大江戸秘密指令6

盗っ人長屋——大江戸秘密指令6・主な登場人物

勘兵衛《かんべえ》……絵草紙屋亀屋《かめや》店主、兼勘兵衛長屋の大家。元小栗藩《おぐりはん》勘定方権田又十郎《ごんだまたじゅうろう》。

松平若狭介信高《まつだいらわかさのすけのぶたか》……若くして老中に抜擢された小栗藩藩主。

田島半太夫《たじまはんだゆう》……小栗藩の老練な江戸家老。若狭介に隠密を使っての世直しを勧める。

井筒屋作左衛門《いづつやさくざえもん》……通旅籠町《とおりはたごちょう》の表通りの地本問屋・井筒屋の主。半太夫の配下の隠密だった。

徳次郎《とくじろう》……勘兵衛長屋に住む美男子の小間物屋。小栗藩元小姓、藤巻主計《ふじまきかずえ》。

お梅《うめ》……勘兵衛長屋に住む産婆。元奥医師の妻で医術と薬草に精通。

半次《はんじ》……お梅の隣に住む大工。小栗藩元作事方で芝居好きな声色《こわいろ》の名手。

お京《きょう》……女髪結をしている勘兵衛長屋の住人。家老・田島半太夫直属の忍び。

恩妙堂玄信《おんみょうどうげんしん》……元江戸詰めの祐筆で学識豊富な男。勘兵衛長屋の住人となり大道易者になる。

銀八《ぎんぱち》……吉原に出入りしていた幇間と名乗る不審な男。

小波《さざなみ》……腰元として小栗藩の上屋敷に上がっていた、老舗の経師屋《きょうじや》、山崎屋《やまざきや》の娘お峰《みね》。

明石屋治兵衛《あかしやじへえ》……二年前に扇《おうぎ》を扱う大店、明石屋の身代を継ぎ、昨年お峰を嫁に迎えた男。

池上長七郎《いけがみちょうしちろう》……御先手の組頭と加役の火盗改《かとうあらため》の頭《かしら》もつとめていた無役の小普請組。

孫右衛門《まごえもん》……都鳥《みやこどり》の孫右衛門と呼ばれ、街道筋を荒らした盗賊の頭目。火盗改に処刑された。

井上平蔵《いのうえへいぞう》……勘兵衛とは顔見知りの南町奉行所定町廻り同心。

第一章　胸騒ぎ

一

四月は初夏とはいえ、中旬過ぎても暑くはならず、まだまだ過ごしやすい気候である。

日本橋田所町《にほんばしたどころちょう》の絵草紙屋の主人、勘兵衛《かんべえ》は昼餉《ひるげ》の後、店の帳場に座ってぼんやりしている。客は滅多に来ない。これほど閑《ひま》な商売もない。戯作も浮世絵もさっぱり売れないが、儲けを心配することもない。ならば気楽な稼業かといえば、そうでもないのだ。絵草紙屋はあくまでも表向き、もうひとつの仕事がある。

亀屋《かめや》は横町の小さな店だが、勘兵衛は店主の他に、店のすぐ脇にある裏長屋の大家も兼ねている。長屋の名は勘兵衛長屋、大家の雑事のほうが絵草紙屋よりも忙しい。

江戸の町のどこにでもあるような十軒長屋で一軒が空き店《あだな》。この長屋には親子も夫婦も子供もいない。九人の店子《たなこ》はみんな独り身。勘兵衛は毎朝の見廻りを欠かさず、全員の安否を確認し、伝達すべき案件があれば伝え、報告があれば耳を傾ける。

どこの長屋でも所有者はたいてい表通りの大店《おおだな》、あるいは古くからの地主で、大家の仕事は雇われて長屋を差配すること。店子の世話、家屋の修繕、毎月店賃《たなちん》を集めたり、転居や死亡や出産があれば届け出たり、入居を希望する者があれば応対したり、近隣の商家と付き合い、町内の行事に参加する。

それが世間一般の大家の仕事。ではあるが、勘兵衛長屋の大家には、ひとつ別の顔があった。

思えば、亀屋の勘兵衛、一年前はまだ屋敷勤めの武士だった。その名も厳《いか》めしく権《ごん》田又十郎《だまたじゆうろう》。権田家は代々出羽《でわ》小栗《おぐり》藩の江戸《えど》詰勘定方で、毎日算盤《そろばん》をはじいて書面に収支など細かい内訳を記載する日々。役方は滅多に刀を抜かない。幼い頃から、父に厳しく算用を仕込まれたが、武士としての望みは算盤ではない。武芸の腕を磨き、それによってお役に立ちたい。

そんな思いを胸に元服前から町道場に通い、修行に励み、腕を上げ、十九で免許皆伝。だが、いくら剣術に優れていても、乱世ならぬ天下泰平の世、結局出世とは結びつかず、黙々と勘定方を勤めあげ、昨年、五十になったので隠居を願い出た。たいした蓄《たくわ》えもないが、贅沢《ぜいたく》とは縁のない質素な性分。家督を養子の新三郎《しんざぶろう》に継《つ》がせ、妻には先立たれているので、細々と余生を送ることぐらいできる。可もなく不可もない人生だったが、それもまたよし。

その直後、主君の松平若狭介《まつだいらわかさのすけ》に呼び出され、拝謁した。

「実はのう、又十郎」

「ははあ」

「死んでくれ」

いきなり言われて、息を呑み込む。が、平然と落ち着き払い、その場にひれ伏す。

「承知いたしました」

英明で名君の誉れ高い殿が権田又十郎の腕を見込んでの頼み、死ねとの仰せはよほどのことであろう。いかなる苦難にも捨て身の覚悟で立ち向かうまでのこと。この泰平の世に主命によって命を捨てるのは武人の名誉、武士として本望である。

「わたくしの命がお役に立ちますのなら」

「死んでくれるか」

「喜んで」

だが、死なずに今、こうして生きながらえているのだ。

主君より仰せつかった死は世間を欺《あざむ》く手立てであった。権田又十郎は隠居の後、箱《はこ》根《ね》に湯治に向かう途中、山中で変死する。というのが筋書きで、箱根には行かず、日本橋通旅籠町《とおりはたごちょう》の井筒屋《いづつや》に立ち寄り、そこで旅装を解いて姿形を町人に改め、その日のうちに勘兵衛長屋の大家に生まれ変わった。権田家の当主となった新三郎には家老の田島半太夫《たじまはんだゆう》から内々に真相が伝えられ、又十郎の葬儀は滞りなく行われた。昨年八月のことである。

長屋に住む九人の店子もまた、それぞれ家中から選ばれた異能の者たち。公儀の老中職となった殿より内密の指令を受けて世直しのために働く隠密なのだ。大家の勘兵衛がその差配として、ひとりひとりの特技を活用し、力を合わせて役目を全《まっと》うする。

九人の店子と大家の勘兵衛。十人それぞれの元の身分や名前、隠密となった事情を詳しく知っているのは主君の小栗藩主松平若狭介、江戸家老の田島半太夫、そして元隠密で今は通旅籠町の地本問屋の主人である井筒屋作左衛門《さくざえもん》。この三人だけである。

町の裏長屋を隠密の拠点にする案は井筒屋作左衛門から出された。一同がまとまっていたほうが、伝達や報告や打ち合わせを共有するのに便利である。長屋のみんなが大家の家に集まっても別段不審ではなく、世間に怪しまれない。昨年八月に長屋が完成し、同時に横町の亀屋が開店し、隠密活動が開始された。それゆえ、長屋の地主は井筒屋、亀屋は井筒屋の出店で、勘兵衛は雇われ店主と長屋の大家を兼ねる。というのが世間を欺く表向きの体裁である。

最初の指令は下谷《したや》の辻斬りの噂を確かめることだった。そこから子宝祈願の女人たちを食い物にする祈禱師と新興商人の企みを阻止し、悪人たちを追い詰めた。

それから次々と指令を受けて、世直しを続けながら、勘兵衛は仲間九人のそれぞれの人柄はもとより、抱える事情もだいたいわかってきた。不祥事でお咎めを受けて、お役御免となり、隠密を拝命した者。自らお役を退いて隠密を志願した者。優れた特技を認められ隠密に抜擢された者。様々ではあるが、みな、元の身分やかつての名前は捨てている。普段はありふれた裏長屋の住人であり、目立たずにひっそりと生きる市井《しせい》の庶民なのだ。

美男の小間物屋《こまものや》、徳次郎《とくじろう》は元小姓。腰元との不義が発覚し、その咎《とが》で切腹を仰せつかり、隠密となった。勘兵衛同様に死んだことになっている。

ガマの油売りの橘左内《たちばなさない》は元馬廻役《もとうままわりやく》、国元の御前《ごぜん》試合で相手を負かしたが、異議を唱えられ、真剣勝負となって相手を倒した。正式の立ち合いで咎められはしなかったが、藩に居づらくなって隠密となる。江戸の町人言葉がしゃべれず、浪人のまま。

大工《だいく》の半次《はんじ》はいつもへらへらしていて、どう見ても生まれながらの町人に見えるが、元は屋敷の修理や改築を担当する作事方《さくじかた》。根っからの芝居好きで三座から小芝居まで見続け、それが露見してお役御免となり、隠密に抜擢される。

色黒で小柄の鋳掛屋の二平《にへい》は国元の鉄砲足軽だったが、鉄砲方が廃止となり、江戸下屋敷の武器庫の番人をしていたところ、若狭介直々に隠密に抜擢された。

大男で怪力の箸《はし》職人熊吉《くまきち》は元賄方《まかないかた》。上役の不正に疑問を抱き問い詰めたところ、罵詈雑言を浴びせられたので、思わず相手の胸を突いたら、即死していた。一件は穏便に済まされたが、藩籍を離れて隠密となる。

易者の恩妙堂玄信《おんみようどうげんしん》は元祐筆《もとゆうひつ》。御用部屋で博識をひけらかすので周囲から煙たがられ、お役御免を思案していたところ、たまたま書状の宛名を書き違えお咎めになりそうな同輩の過失を被《かぶ》って、表向きは放逐となり、隠密となる。

産婆のお梅《うめ》は還暦《かんれき》を過ぎており、長屋では一番の年長者。元家臣でも奥女中でもなく、典医の寡婦であり、夫の死後、跡を継いだせがれや嫁と折り合いが悪く、行き場のないところ、医術や薬草の知識が優れているのを見込まれて、長屋の一員に加えられた。

町の辻々で安価な飴《あめ》を売り歩く飴屋の弥太郎《やたろう》と花柳界の芸者や大店の女房に贔屓《ひいき》の

多い女髪結《おんなかみゆい》のお京《きょう》、ともに江戸家老田島半太夫直属の忍びであり、生まれながらの隠密である。

　それぞれ抜きん出た異能の持ち主ながら、裏長屋の店子。大家といえば親も同然、店子といえば子も同然、勘兵衛は店子たちと毎日接し、和やかに過ごしているが、一旦若狭介から指令があれば、みなで策を立て、世直しのために働くのだ。

「旦那様、お茶をどうぞ」

　番頭の久助《きゅうすけ》は若いのに気が回る。そろそろ茶が飲みたいと思う頃合いに、さっと茶が差し出される。それも熱からず温《ぬる》からず、ちょうどよい加減なのだ。

「うん、すまないね」

　久助だけは小栗藩とかかわりのない町人の出であり、井筒屋の奉公人であったが、作左衛門に言い含められて亀屋の番頭となった。当然ながら長屋の秘密を知らされており、何食わぬ顔で隠密の手助けもする。他に奉公人がいないので、勘兵衛の身の回りの世話、客の応対、品物の仕入れ、帳簿付けまですべてこなす。おかげで、勘兵衛は店のことは心配せず、お役目に専念できるのだ。

「今日も閑だねえ」

「さようでございますね」

店は閑でも久助はよく働く。掃除、洗濯、飯の支度、ちょっとした買い物、まるで番頭と小僧と女中を合わせたようだ。聞けば、父親は大工だったそうだが、久助が利発なので、力仕事よりも商人に向くだろうと、手習いに通わせてくれ、十三で地本問屋の井筒屋に奉公し、小僧から手代となった。両親は数年前に亡くなっていて、天涯孤独。昨年、作左衛門に見込まれ亀屋の番頭となった。

「閑なら閑でよろしゅうございますよ」

亀屋は隠密の隠れ家のようなもの。繁盛しすぎて変な客が入り浸るのも考えもの。儲からなくても支障はない。久助の給金は井筒屋から出ている。表向きは井筒屋の出店だが、さらに開店の資金は小栗藩が融通しているのだ。

だが、ほんとうに閑でいいのだろうか。久助は今年でまだ二十一。最初は隠密の仕事など考えてもいなかったはずだ。本屋に奉公して、うまくいけば、将来は商人として成功する望みも頭にあっただろう。大店で出世するか、商売を覚えて自分の店を持つか。

久助の雇い主である井筒屋作左衛門にしても元隠密だったが、二十年ほど前に藩を離れることを許され、先代藩主より与えられた褒賞を元手に貸本屋を開業し、商才を発揮して今では通旅籠町に大きな地本問屋を構え、版元としても名をあげ、押しも押されもせぬ大店の主人である。店の奉公人はおろか、近隣の人々さえ、だれも作左衛門の以前の身分を知らない。

久助もまた、今は亀屋の番頭として健気《けなげ》に働いているが、将来は今の仕事をきっぱり忘れて、堅気《かたぎ》の商人になり、所帯を持って平穏に暮らしているだろうか。そんなことをふと思う勘兵衛であった。

「店があんまり閑では、おまえ、商売を覚えられなくて困るんじゃないか」

「いえいえ、あたしは、長屋のみなさんのお手伝いをするほうが、本屋の商売よりも面白うございますよ」

「そいつは困ったなあ」

勘兵衛は苦笑する。

長屋の隠密のお役目は、命がけで世の不正や悪事に立ち向かう大仕事だ。つい先日の日本堤《にほんづつみ》での仇討《あだう》ち騒動も、老中若狭介の指令により、勘兵衛が隠密たちを動かして、大商人の残虐非道な悪事を探り出し、一味を成敗するお役目であった。昨年の八月より始まった世直しの任務。今のところ、毎回順調に成功しており、若い久助が胸躍らせる気持ちもわからないではない。

だが、あくまでも内密の使命であり、ひとつ間違えれば命はない。悪人退治がどんなに痛快であろうとも、手柄にもならず、絶賛もされず、多額の報酬があるわけでもない。追い詰め破滅させた悪人どもの凶悪な残党に嗅ぎつけられれば剣呑《けんのん》である。世のため人のために全力を尽くそうとも、隠密の正体が公儀に発覚すれば、小栗藩の存亡にもかかわる。だからこそ、決して目立ってはならぬ。そのことは長屋のみんなも久助もわかっているはずだ。

思えば、ひとつ気になることがあった。仇討ち騒動が評判になってから数日後、妙な男が亀屋を訪れた。本を買いに来た客ではない。浅草《あさくさ》に住む幇間《ほうかん》の銀八《ぎんぱち》と名乗り、小柄で貧相、四十そこそこで芸人にしては風采のあがらない顔立ち。

「実は吉原に出入りしておりまして、それがつまらないことで、贔屓にしてくださってる旦那をしくじっちまいましてね。不義理が重なって、どうも浅草に居づらくなりました。で、こっちの元吉原《もとよしわら》、遊廓はないけど、お茶屋はけっこうあるでしょ。だから、まあ、住むところでいいところでもあればなあと思って、うろうろしてましたら、こちらに空きがあるというのを知りまして、どうでしょうね。あたしのような者でも、お貸し願えますでしょうか」

勘兵衛長屋の一軒が空き店と知り、できれば貸してもらえないかというのだ。もちろん、貸せるわけがない。空き店には隠密活動のための武器、薬品、道具、衣装などが隠されている。部外者が長屋に入り込めば、お役目の妨げになる。

「せっかくお越しいただいたのに、申し訳ないですなあ」

先約があり、近々入居が決まっているとの口実を作って断った。

「へえ、先を越されちゃったか。残念だなあ。まだ、新しいですよね。おたくの長屋」

「去年の八月ですから、もう半年以上」

「外からちらっと見たら、きれいですもんねえ。手入れが行き届いてるんだなあ。住まいを見れば、住んでる人の人柄がわかります。みなさん、いい人ばかりでしょ」

「はあ」

「地主さんは、どちらです」

「いえ、まあ、ちょいとした大店の」

「そうですか。ここらは場所もいいし。地主さんは表通りの相当の大店なんでしょうね」

「申し訳ないが」

言葉を濁して、なんとかやんわりと断ったが、銀八という男、よほど気に入っているのか、未練たらたらだった。

昨年八月から今まで、長屋の一軒はずっと空き店のまま。借りたいと申し出る者はひとりもいなかった。貸家札を出しているわけでもなく、店子を募ってもいない。銀八という幇間、考えてみれば、胡散臭《うさんくさ》くもある。

何者であろう。もし、同業の間者《かんじゃ》だとすれば、昨年八月からの世直しの数々、なにかがきっかけとなり、公儀が勘兵衛長屋に探りを入れようとしているのか。ここはひとつ、先手を打って、銀八の素性を調べてみるか。


「まあ、大家さんたら。夏の宵のうたた寝は風邪のもとですよ」

勘兵衛は店の二階で文机につっぷしたまま居眠りをしてしまったようだ。ぼんやりした頭で振り返ると、行燈《あんどん》の明かりにお京の姿が浮かんだ。

「ああ、お京さん、夜分、すまないね」

夕餉のあと、ふと思いついて、久助を長屋まで使いに出し、お京を呼びにやった。すぐに来るとのことで、待っていたのだが、なかなか来ない。そのうち待ちくたびれて、知らず知らずに居眠りしていたのだ。

「大丈夫ですか。お疲れになってるんじゃ」

「いや、疲れるような仕事はなにもしていないよ。このところ、晩飯のあと、ついうとうとしてしまうんだ。歳のせいかな」

お京は心持ち顔をしかめる。

「まだお若いじゃありませんか。五十でしょ」

「五十一だよ。去年、隠居になったんだから」

「男も女も若いからいいってもんじゃないです。人それぞれですけど、五十まで生きていれば、その人の値打ちが顔に現れます。顔は看板みたいなもんですよ」

「顔が看板。面白いこと言うね。まるで人相見の易者、玄信先生みたいだな」

「ふふ」

お京は笑う。

「先生ほど詳しくはないですけど、初対面の人でも、ぱっと見れば、たいていわかりますよ。若い人は一様に薄っぺらでつまらない。悪人は人相が悪い。品のない人は見ただけでいやになりますよ」

「そんなもんかねえ」

大きくうなずくお京。

「そこへいくと、大家さんはいいお顔をしてらっしゃいますもの」

褒められて悪い気はしない。美男でもなければ、悪相でもなく、ありふれた五十男である。

「お体だって、相当に鍛えておられますわね」

「そうかな」

「着物の上からだって、よくわかりますよ。厚い胸板、隙のない身のこなし。忍びは相手の力量ぐらい読めなくちゃ、務まりません」

たしかに昔は鍛えていた。武芸の心得があれば、眠っていても人が近づく気配に素早く気づくはずだが、近頃では腕がなまっている。それで居眠りしながら、真横にいるお京に気がつかなかったのか。いや、そうでもない。

「おまえさんのような忍びの名手が相手なら、どんな武芸者も寝首をかかれるだろうなあ」

足音もたてずに二階にあがり、そっと気配を消して近づくお京なら、眠っていなくても、だれも気がつかなくて当然だ。

「いやな大家さん」

お京は勘兵衛の胸を軽く叩く。

「あたしのほうこそ、ごめんなさいね。すぐって言ったのに、出る前にいろいろと片付けものしていて。お待たせしちゃって」

鼻筋の通った瓜実顔でなかなかの美形、見た目は二十五、六、実際の年齢は不明である。中肉中背だが、すらりと涼しげな浴衣《ゆかた》姿が艶《なま》めかしい。

「こっちこそ悪いね。急ぐ用でもないんだが、急に呼び出したりして。ちょいとおまえさんに頼みごとがあってね」

「え、大家さんの頼みごと」

お京はうれしそうに目を輝かせる。

「なんでもしますから、どうぞ、おっしゃってください。なにかしら」

「実はね」

「あ、ちょっと待ってくださいな」

お京の横に盆に載った大きめの徳利と湯呑茶碗がふたつ。

「ねえ、大家さん。お話の前に、駆けつけ三杯。暑いんで、ちょいと喉を潤してもいいでしょ。下で久助さんに用意してもらったんですよ」

「酒かい」

久助のやつ、気を利かせたかな。

「大事なお話の前に、だめかしら」

久々に差し向かいで飲むのも悪くはない。相手が別嬪ならなおさらだ。

「おお、わたしもちょうど喉が渇いていたところだ。お相伴《しょうばん》させてもらうよ」

「そうこなくっちゃ。大家さん、話がわかるんですもの。さ、一杯どうぞ」

「ありがとうよ」

お京に酒を注いでもらって、すぐにこちらからも返す。

「では、いただきます。夏はやっぱり冷やですねえ」

湯呑を口に運ぶ仕種も色っぽい。が、色気は禁物。

「うまいねえ。井筒屋さんからいただいた伏見《ふしみ》の樽、下り酒は乙なもんだな」

「で、大家さん、あたしに頼みごとって、なんですか」

大きな瞳でじっと見つめられると、どぎまぎしてしまう。

「おまえさんの腕を見込んで、調べてもらいたいことがあってね」

「お役目ですか」

「うむ。取り越し苦労かもしれないが、成り行きではお役目になるだろう。ちょいと引っかかってるんだ」

「なあに」

「うちの長屋の空き店を借りたいという男が現れてね」

「まあ」

「貸すわけにいかないし」

「あたりまえですよ」

「そこで、もう決まっていると断った。長屋ができたのが去年の八月、それから一度も借りたいなんてのは来なかっただろ。まだ一年にもならず、きれいなもんだ。そこで、その男、いろいろと尋ねるんだ。次の店子はいつから入るんだとか、地主はどこのだれだとか」

「よほど気に入ったのかしら」

「浅草に住む幇間で名前は銀八」

「浅草の銀八ですか」

「知ってるかい」

「いいえ、でも、幇間にはよくある名前です」

「この銀八、吉原で稼いでいたが、旦那をしくじって、顔が出せなくなったので、こっちの元吉原界隈で新居を探していたら、たまたまうちの長屋を見つけたというんだがね。お京さん、吉原の芸者衆に顔が利くだろ。そこを見込んで頼みたいんだ」

　神出鬼没のお京は、吉原に芸者を送り込む置屋に女髪結として出入りしており、耳よりな噂を引き出すのはお手のもの。

「わかりました。浅草の幇間、銀八のことを探ればいいんですね」

「はなから長屋を貸す気はないんで、住まいは浅草とだけで詳しくは尋ねなかった。世間の裏を探るお役目のわれわれが、逆に探られたりしたら洒落《しやれ》にならない。取り越し苦労ならいいんだがね」

「ふふ、用心深いのが大家さんのいいところですわ。お任せくださいな」

「頼むよ」

「じゃあ、まず、今夜はもう少し飲みましょうよ」

二

徳次郎は美男である。

「ようっ、色男」

同じ長屋の軽口好きの半次にいつもからかわれるが、慣れたもので平気である。

「ありがとよっ、半ちゃん。いつも悪いね、あたしだけもてて」

軽く言い返して、にんまり。

「ちぇっ、言ってやがら」

稼業は担《かつ》ぎの小間物屋。商売物の櫛《くし》や簪《かんざし》、紅《べに》や白粉《おしろい》の入った荷を担いで町を流して歩く。姿形がよくて、女がうっとりする絵に描いたような男前。身なりは派手ではなく金もかかっていないが、小ざっぱりして粋である。声音は高くもなく低くもなく、さわやかで落ち着いており、話す話題も品がよく、女を引き付ける。気性は素直で明るい。二十六の若々しさ。これだけ美点が揃っていれば、いやでも女にもてる。

しかも、よく気がついて、どんな女にも優しい。相手が若かろうが、大年増であろうが、別嬪であろうが、そうでなかろうが、分け隔てなく親切にする。そこが余計にもてるのだ。

だが、本人は色事にはまったく縁がない。町で商家に奉公する女中たちとぺらぺらしゃべるのは大好きだが、いくらちやほやされても、その気にならず、中には徳次郎に色目を使う女もいる。でも、それ以上の深い間柄にはならない。

もっぱら、役目は町の噂を集めること。怪しい一件が持ち上がれば、関連する店の女中にきっかけを作って上がり込み、台所の隅で櫛や白粉など品物を広げて、商売しながら話を引き出す。女たちに好かれ、すんなり取り入るが、自分から女に心を動かされることはない。だからこそ、隠密に役立つのだ。

色事に無縁とはいえ、お役目で遊里の客になることもある。そんなときでも遊女に気を使い、上手に話を聞いてやり、惚れられたりもするが、裏は返さない。

惚れた腫れたの色恋には溺れず、常に適度な距離を保っている。冷淡というのでもなく、女そのものは愛おしい。大切に扱うべきだ。それゆえ、女を見下し虐《しいた》げる下劣な男どもは絶対に許せない。そんな輩《やから》を罰するのも世直しだと思う。

先月、深川《ふかがわ》で道楽息子の評判を嗅ぎまわった。この若旦那、とんでもない外道《げどう》で、岡場所の女たちを残虐な手口で蹂躙《じゅうりん》しており、言いなりにならない芸者を取り巻きの博徒《ばくと》を使って痛めつけていた。面白半分に素人《しろうと》娘を騙《だま》して犯し、その場面を絵師に描かせて喜ぶ卑劣さ。それでもお咎めにならないのは、親父が金でもみ消すからだ。しかもその金は人々を苦しめて蓄えた悪銭だとわかる。

若狭介からの指令で一味徒党の仕置が決まった。そこで徳次郎は機転をきかせ、出過ぎた真似とは思ったが、極道息子がすんなりあの世の地獄に堕ちる前夜に、一晩中この世での生き地獄を味わわせてやった。女をさんざんいたぶって苦しめた外道はそれなりの報いを受けて、のたうちまわって苦しんだ。隠密のお役目は世間に知られてはならず、悪人を退治してもだれからも褒められないが、下衆《げす》な虫けらの処置だけは仲間内で喜ばれた。優しく温厚な顔をしていても、徳次郎の心の底には悪を徹底的に懲らしめねばならぬという、正義感を超えた一種の残忍さが秘められているのであろうか。いや、徳次郎に限らず、それは長屋のみんなに通じる気持ちでもある。

普段はお役目のお指図がなくとも、町を歩き、あちらこちらで女たちと世間話をするのは楽しい。話題の端々から巷《ちまた》での物騒な噂が見つかれば、すぐさま探りを入れ、世直しの案件になりそうなら、大家の勘兵衛に報告し、長屋の一同で相談して、お殿様に申し立て、お指図を仰ぐこともできる。

小間物の荷を担いで、足の向くまま気の向くまま、日本橋、神田《かんだ》、下谷、両国《りょうごく》、浜町《はまちょう》、たいていは商家の多い江戸の下町をぶらぶら流す。

「ちょいと、徳さん」

横町など歩いていると、商家の女中が勝手口から徳次郎を呼び止めることも多い。

「へーい」

馴染みの店はいくつかあり、徳次郎はけっこう人気がある。品物の質がよくて、値が相場よりも少し安い。話が面白く、いい男。隠密が目立っては差し障りありだが、贔屓の女中たちには顔も名前も知られているようだ。

昨年、勘兵衛長屋が完成する前から、井筒屋の世話で小間物屋を始め、行く先々で名を問われると、徳次郎で通している。下手《へた》に変名をいくつも使うと、怪しまれるし、自分でも混乱しかねない。

　さてと、今日は本町《ほんちょう》通りから室町《むろまち》に出て、日本橋を渡り、南に向かう。大通りはどこも賑やかで人が多い。さすがに江戸の町、寂しい武家地とは大違い。京橋《きょうばし》界隈、三十間堀《さんじっけんぼり》の西側をぶらぶら、手頃な蕎麦屋《そばや》があったので、軽くたぐる。初めて入った店だが、なかなかうまい。対岸の木挽町《こびきちょう》は芝居町なので、半次はしょっちゅう通っているはずだ。今度、蕎麦屋のことを教えてやろう。

　食い終わり店を出て、尾張町《おわりちょう》あたりにさしかかると、いきなり雲行きが怪しくなった。すぐにもぽつぽつきそうだ。

　これならもう少し、蕎麦を食ってりゃよかった。

「もし、おにいさん」

「へい、なにか」

　女の声に振り向くと、商家の裏口から女中らしいのが手招きしている。

「今にもざあっときますよう。うちへお寄りなさいな」

「え」

　いきなり雷がごろごろと鳴る。

「さ、はやく、こっちへ」

勝手口に入るやいなや、ぴかり。どかん。

「きゃあ」

大年増の女中が徳次郎に抱きつくと、ざあっと降ってきた。

「ねえさん、大丈夫ですか」

「ごめんなさい。あたし、雷が苦手《にがて》なの。ほら、降ってきたでしょ。それより、おにいさん、その荷は」

「はい、小間物を商っておりますんで」

「どんなもの」

「櫛、簪、髪油《かみあぶら》に紅や白粉、そんなところです」

女はうなずく。

「ちょうどいいわ。ねえ、雨が止むまでの間、うちの台所で品物を見せてよ」

「いいんですか」

「いいわよ。さ、こっちへいらっしゃいな」

「ご親切にどうも」

台所に通されると、雨音は激しくなり、年嵩《としかさ》の女中が朋輩《ほうばい》たちに声をかける。徳次郎は慣れた手つきで隅に小間物を広げる。

「すごい雨になったわねえ」

「あたしは雨より雷がいやだわ」

「ほんとねえ」

数人の女中が仕事の手を休めて、台所の隅に集まる。女中の数からして、けっこう大店らしい。

「おにいさん、見かけない顔ねえ。このあたりは初めてなの」

「へい、いつもは日本橋あたりなんですが、ちょいと欲を出して足を延ばしたら、雨に行き当たっちゃいまして」

「いいじゃないの。おかげで、ここで商売になるんだから」

「ありがとうございます。雨宿りばかりか、商売までさせていただくなんて。ここはひとつ、おまけさせていただきますよ」

「ほんと、うれしいわあ」

女たちは品物をあれこれと物色する。

「ときに、こちらのお店はなんのご商売ですか」

「裏口からじゃ、わかんないわね。扇《おうぎ》屋《せんす》よ」

「というと、扇《あお》いで涼しい風を起こす扇子ですね。夏場はいい商売でしょ」

「ぱたぱた扇ぐだけの団扇《うちわ》みたいな扇子じゃなくて、うちで扱ってるのは、もっと上等のご祝儀用とか飾り扇、茶席扇に舞扇、お武家様の贈答のご注文もけっこう多くて、たまに鉄扇《てっせん》も出るわよ」

「へえ、飾り扇に鉄扇ですか。そいつは豪儀なもんだ。じゃ、扇を作る職人さんも大勢抱えていらっしゃるんで」

「男の奉公人は何人かいるけど、番頭さんに手代に小僧、よそで作ったのを仕入れて売るだけだから、職人さんは店には置いてませんよ」

「あたしなんぞ、暑いと手ぬぐいで顔を拭くぐらいで、立派な扇なんて、縁はありませんねえ」

あれこれ話しているが、世直しの種になるような物騒な噂は出ない。雨もやんだようだ。

「この櫛、いかほどかしら」

「いいお見立てですね。お似合いですよ。うーん、今日は別嬪のねえさんに雨宿りのお礼も兼ねて、このくらいでいかがでしょう」

「あら、それでいいの。じゃ、いただくわ、この櫛」

「ありがとう存じます」

「あたしはこの白粉、くださいな」

「ねえさんは色白だから、これでさらに引き立ちますよ」

「ほんと、うれしい」

商売をすませて、裏口に出る。

「どうも、ありがとうございます」

「こっちに来ることがあれば、また寄ってね」

「へい、どうぞご贔屓に」

道は濡れていても、空は晴れわたっていた。

小間物の商いで飯を食ってるわけじゃないが、売れるとうれしい。それに女たちとぺちゃくちゃしゃべるのも楽しい。俺はやっぱり女好きなのかな。

「もし」

店の裏口を出て、横町を歩き始めたら、後ろから声。

なんだろう。振り向くと、すらりと背の高い商家の女房らしき女がこちらをじっと見ている。

「もし、藤巻《ふじまき》様ではございませぬか」

はっとして息を呑み込む。女に見覚えがあった。

「藤巻主計《かずえ》様では」

小石川《こいしかわ》の松平若狭介の上屋敷で小姓を勤めていた際の名が藤巻主計であった。忘れもしない。女は今は町人の女房姿だが、腰元の小波《さざなみ》ではないか。藤巻主計は小波との不義が発覚したのが元で切腹を仰せつけられ、身分と名を捨て、隠密となり、徳次郎となったのだ。

小姓の藤巻は表向きは自刃《じじん》し果てている。相手の小波は町人の出であり、特にお咎めはなく、お役御免となって赤坂《あかさか》の親元に帰されたとのこと。そこから商家に嫁いだのであろう。その後の消息は知らされていなかった。

ここはひとつ、とぼけるしかない。

「ええ、おかみさん。あたしになにか、御用でしょうか。見ての通り、小間物屋でございます。櫛、簪、紅に白粉、いろいろありますよ」

今では髪型、身なり、立ち居振る舞いから言葉遣いまで完全に町の小商人になりきっている。

女は肩を落とす。

「あら、小間物屋さん。とんだ不調法をいたしました。あなたのお顔が知り人にあまりにも生き写しでしたので、つい声などかけてしまい、お許しくださいまし」

生き写しどころか、正真正銘の本人である。顔ばかりか、体つき、声まで藤巻主計そのままだ。気づかれなかったか。

「いえいえ、おかみさん、お気になさらず」

「ご無礼ついでに、お名前をうかがってもよろしいかしら」

下手に誤魔化して怪しまれても仕方がない。いつも通り名乗ることにする。

「へ、あたしの名でございますか。担ぎの小間物屋、徳次郎と申します。けちな小商人でございますよ。おかみさんは」

「さっき、おまえさんが台所でうちの奉公人たちに品物を見せていたでしょ。明石屋《あかしや》の女房、峰《みね》でございます」

「明石屋さんというと、扇屋さん」

「はい。どうぞ、お見知りおきを。徳次郎さん」

お峰はじっとこっちを見つめている。徳次郎より歳はふたつ下だった。今は二十四になるのか。背がすらりと高いのは以前のままだが、少しやつれたようにも見える。

「へい、こちらこそ、ご贔屓に。また御用の際はお声かけくださいまし」

とぼけて立ち去りながら、さっと目を凝らすと、お峰は扇屋の裏口に入っていった。

場所は京橋の尾張町、屋号は明石屋。上等の扇を扱うそこそこの大店。小波の実家は赤坂の大きな経師屋《きょうじ》だと聞いている。扇屋と経師屋なら少しは縁があるのだろうか。本名がお峰というのは、たった今まで知らなかったな。

店の台所で女中たちを相手に徳次郎が小間物を広げているところを脇から見て、かつて恋仲だった藤巻主計を思い出して声をかけてきたのか。主計が不祥事で腹を切ったこと、詳細は表沙汰にならずとも、屋敷では内々に知られているはずだ。不義の相手の小波もそれは承知だろう。それなのに声をかけてきたのはなぜか。死んだはずの俺にまだ未練でもあるのか。いや、危ない、危ない。隠密の正体が露見してはならぬ。ここは用心すべきである。

小栗藩士の藤巻主計が江戸詰の小姓見習いとして出仕したのは十年前、十六の歳。藩主若狭介は二十六、小栗藩を相続してまだ間もない頃で、思い切った財政改革が進められていた。

主計は幼い頃から美しい顔立ちで、周囲に可愛がられた。倹約の方針から小姓の衣服が質素なものに改められても、端正に着こなし、立ち居振る舞いが凜々しければ、見た目が美しくなることを実感する。小姓が整然としていれば、それを従える藩主の見栄《みば》えもよくなり、値打ちも上がる。

殿様の側近くに仕え、身の回りを世話しながら、どう振舞うべきか常に考え、品性を磨くことも怠らなかった。話しかけられれば、どう答えるか。下手な追従は避けるべきで、洗練した受け答えには学識も要する。

小姓は主君を守護する番方でもあり、そのために武芸も鍛錬した。一見優男《やさおとこ》だが、剣の腕前もたしかである。

小栗藩の場合、藩主の国入りに随行するのは小姓頭だけで、他の小姓は国元と江戸詰に分かれ、父の代から在府であった藤巻主計は江戸に残り、小石川の藩邸内でお役に専念した。

上屋敷は表と奥が厳しく区切られており、表は男の武士の職場、奥は藩主の妻子の居場所で男子禁制、奥方に仕えているのは奥女中である。

若狭介は家督相続の二年目に播磨《はりま》の小藩より奥方を迎えた。播磨の姫が出羽の領主に嫁ぐのは、相当な距離に思えるが、大名の姫は江戸生まれ江戸育ちであり、輿入れ《こしい》の行列は赤坂の屋敷から小石川の屋敷まで、さほど遠くはなかった。

若狭介は清廉な気性ゆえか、側室を持たず、上屋敷の奥にいる身内は奥方と幼い若君だけで、国元にも愛妾《あいしょう》の類《たぐい》は置いていない。

藤巻主計は奥方が輿入れのときから、細かい気配りをして、奥方付きの女中たちから気に入られていたが、男の家臣が奥に行くことはない。

大名には一年置きの参勤交代がある。四年前の六月、若狭介は国元に移り、江戸に戻ったのが三年前の八月であった。この間、主計は例年通り江戸藩邸で過ごした。家臣の中でも重職や家族のある者は藩邸の外にそれぞれ屋敷を拝領している。だが、主計は小姓であり、両親を亡くして独り身でもあったので、藩邸内に居室をあてがわれていた。

三年前、若狭介が江戸に戻る前のこと、国元の小姓頭より連絡があり、藩邸の奥にある書類を至急に送るよう指示された。奥には入らず、扉口で奥女中と言葉を交わし、必要な書類を探し出してもらった。

「これでよろしゅうございましょうか」

書類に間違いはなかった。

「おお、お手間をとらせましたな。かたじけのうござる」

そのとき、目と目が合った。女の名は小波、目鼻立ちの整った落ち着いた風貌で、名は小波だが背が高く、どちらかといえば大柄であった。

「いいえ、藤巻様のお役に立てて、うれしゅうございます」

それが運のつきである。

主計はしょっちゅう、いろんな場所で女たちからうっとり眺められたが、色恋とは無縁で、同輩に何度か誘われ、吉原で遊ぶこともあるにはあったが、主計ばかりが花魁《おいらん》に可愛がられるせいか、あまり誘われなくなり、自分ひとりではとても遊里に行く気もしない。

美男で品よく、さわやかで明るく、物腰も柔らかく、歳も若く、そのうえ純情で初心《うぶ》であったのだ。

「藤巻様、お願いがございます」

「なんでござろう」

「実は奥方様が、国元のお殿様に、お伝えなさりたいことが」

小波がなにかと口実をもうけて、主計に会いたがった。主計もまんざらではなかった。なかなかの美人で歳はふたつ下、奥方の実家に出入りする赤坂の商家の娘であるが、松平家の上屋敷に行儀見習いで入り、奥方付きとなっていた。町人の娘が大名屋敷に奉公し、下女ではなく、奥勤めの腰元になるには、実家が裕福で読み書きや芸事の素養がなければならない。

それとなく言葉を交わす機会が増え、気心が知れる。ありふれた気候や花鳥風月の話題であっても、ただ顔を見合わせ話すだけで胸がときめいた。

そして、二年前のこと、若狭介が老中に就任する祝いが上屋敷の表の大広間で盛大に行われた。普段は奥に引っ込んでいる奥方や腰元たちが大広間の酒宴に加わる無礼講となった。酔いにまかせて、小波にそっと囁いたのを今でも憶えている。

その夜、羽目を外した小波が奥をそっと抜け出して、屋敷内で、ついに忍び逢う仲となったのだ。吉原以外の女は初めてだった。初心で清楚で利発で品のある小波にとって、男は初めてだったのだろう。睦《むつ》みあった後、涙を流していたが、それもまた愛おしく思えた。

一旦男女の間柄になってしまうと、男も女も見境がなくなる。小波のほうが積極的で、宿下がりに池之端《いけのはた》の茶屋で主計と密会した。そんなことが重なり、やがて噂する者があり、昨年の春に発覚する。

屋敷勤めの家臣と奥女中が逢引きすれば、どのような理由があろうと、言い訳は通らず、不義として許されない。処分は軽い場合、女はお役御免だが、男にとっては切腹という厳しい沙汰となる。藤巻主計は咎人として江戸家老田島半太夫の前に引き出された。

「藤巻、覚悟はよいか。切腹は免れぬぞ」

「ははっ」

頭を下げる主計、死を前にした暗さは微塵もない。あの酒宴の無礼講の夜から、ずっと甘美な夢を見続けていた。女に惚れたのはこれが最初で最後になろう。思い残すことはない。

「身から出た錆《さび》でございます。潔《いさぎよ》く腹を切りまする」

ただ、気になるのは小波のこと。

「して、女子《おなご》のほうはいかなるご処分になりましょうや」

「小波は親元に帰したぞ」

「どのようなお咎めで」

「商家の娘じゃ。ただのお役御免で、特に咎めたりはせぬ。悪い噂も立たねば、なかなかの器量ゆえ、いずれ親元から相応のところへ嫁に出すであろう。おぬしだけが貧乏くじを引いたのう」

主計はほっとして、胸を撫でおろす。

「女が無事でよろしゅうございました」

「惚れておったか」

もちろん、惚れていたとも。生まれて初めての恋だった。だが、明言するのは照れ臭くもある。

「さあ、どうでございましょう」

死を前にしても、悪びれず、平然としているのは、なにも恐れるものがないからだ。

「おぬし、女子が好きであろう」

小波には惚れていたが、女が好きかどうか、そこまでは自分でもわからない。

「はて、困りました。嫌いとは申しませぬが、好きというほどでもなく」

「なに、女が好きではないのか。もしや、衆道《しゅどう》の気《け》でもあるか」

とんでもない。

「いいえ、そちらのほうは、いささかもございませぬ。が、心より女人と結ばれましたのは、あの小波ひとりでございます」

「さようか」

「ですが、色恋抜きならば、けっこう女子は好きでございます」

女たちにちやほやと、もてはやされるのは昔から好きだった。

「色恋抜きとな」

「小波とはあのようなことになりましたが、そうはならずに、女子と打ち解けて語り合うのが好ましゅうございます。が、この先、再び女子らと口を利くこともありますまい。それだけが、ちと心残りでございます」

半太夫は笑う。

「ふふふ、面白いことを申すやつじゃ。腹を切ったあと、だれか菩提を弔う縁者はおるのか」

「いえ、父母はとうにみまかり、兄弟も親戚縁者もございませぬ。代々江戸詰で墓は谷中《やなか》にございますが、わたくしが果てますれば、無縁墓となりましょう」

「おぬしの男振り、その度胸、女を惑わせるに充分じゃのう」

「いえ、滅相もない」

「ひとつ、その命を内密に役立ててみる気はないか」

ご家老こそ、変なことを申される。

「わたくしの命がなにかのお役に立ちますのなら、喜んで腹を切りまする」

「では、すぐに死んでくれ」

もちろん、その覚悟である。

「承知つかまつりました」

「そして、すぐに生き返って、町人になってくれ」

主計は首を傾げる。

「これは異なことを申されます。死んで生き返って町人になる。そのような器用な真似、わたくし、できませぬ」

「うむ。まことの死ではない。自刃したことにして、この屋敷から姿を消すのじゃ。今、家中から密かに人を選んでおる」

「それはいったい」

「承知か。承知ならば、そのほうを生かして役立てる。不承知ならば、今すぐ腹を切って無縁仏じゃ」

死ぬのはいつでも死ねる。ここはひとつ、乗ってみよう。藤巻主計は承知し、若狭介に拝謁した。

「これより隠密を命じる。よいな」

「ははあ」

主計は深々と平伏する。

「命に代えましてお受けいたしまする」

密かに藩邸を去り、井筒屋作左衛門を訪ねて、小間物屋が向いていると言われて町人となり、名を徳次郎と改め、商売を覚え、やがて昨年の八月に田所町の長屋に移った。

徳次郎はそれから、小間物屋としてしょっちゅう女たちにちやほやされて喜んでいるが、女に惚れたことは一度もない。

三

江戸の遊里吉原は、かつては人形町《にんぎょうちょう》の東、勘兵衛長屋のある田所町の近くにあったので、今でも名残りとして大門《おおもん》通りの地名があり、遊郭はなくなっても一帯を元吉原と称することもある。

吉原遊廓が江戸のはずれ、浅草の北側に移転したのは、明暦《めいれき》の大火で焼失した際、町の真ん中に遊里があるのは芳《かんば》しからず、との沙汰が下されたからだ。浅草寺《せんそうじ》の裏手、奥山の北には鄙《ひな》びた田圃が広がっていて、田圃道を突き抜けると新吉原、江戸の北《ほく》州《しゅう》とか北国《ほっこく》とか呼ばれる所以《ゆえん》である。

お歯黒溝《はぐろどぶ》に四角く囲われた二万坪の遊廓は異郷である。鉄鋲の打たれた大門をくぐると、中に住む遊女の数は三千人ともいわれ、遊女を抱える楼主《ろうしゅ》、妓楼《ぎろう》や茶屋で働く奉公人も入れれば、相当の人数になる。

高級な店には湯殿があるが、下等な店の女は廓内《くるわうち》の湯屋に通う。湯屋ばかりか、八百《やお》屋、魚屋、豆腐屋などの食品を商う店もあれば、蕎麦屋や飯屋もある。食い物だえだけでなく、日用品を扱う荒物屋《あらものや》、下駄《げた》屋に笠《かさ》屋に提灯《ちょうちん》屋に油屋、半襟《はんえり》屋や元結《もっとい》屋さえ揃っている。大所帯の密集する廓はひとつの大きな町なのだ。

ただし、出入り口は大門一か所だけ。遊女は決して、廓の外には出られない。足抜けが発覚すると、探索され、捕まれば惨《むご》たらしい折檻を受ける。

廓で働く遊女以外の女が外に用で出る場合は鑑札が必要で、外の女が仕事で廓に入るときも同様である。

吉原の茶屋は客が遊女と遊ぶだけではなく、商談や接待に使われる場合もあり、男女の営みの前に芸者や幇間が場を盛り上げる。それもまた、贅沢な遊びなのだ。

芸者は遊女と違い、芸は売っても色は売らない。たいてい廓の外に住んでいて、お座敷がかかると大門をくぐって吉原の茶屋に参上する。吉原芸者を抱えているのが置屋で、廓の近くに店を構えているところが多い。

芸者はお座敷に出る前に身づくろいをして、髪もきれいにする。芸同様に見栄えも商売に通じるのだ。女髪結のお京を贔屓にしてくれる置屋も何軒かあり、世直しのお役目のないときでも、しょっちゅう通って、芸者衆との世間話から耳よりな噂を拾うことができる。うまく当たれば、儲けもの。

お京は今日も出入りの置屋で芸者の髪を結いながら、それとなく水を向けている。

「そういえば、ねえさん。銀八さんて、いましたっけ。四十前後の男芸者で、ちょいと小柄な」

「小柄な男芸者で金八《きんぱち》なら知ってるわよ」

「へえ、金八さん、どんな」

「芸が下手なくせに、やたら偉そうで、旦那にはぺこぺこ、芸者には威張って、いやなやつだったけど、去年、河豚《ふぐ》にあたってくたばったわよ」

「あら、死んだんですか」

「河豚は怖いわねえ」

「じゃあ、まだぴんぴん生きてるので、いませんかねえ。金八じゃなくて、銀八さん。なんでも最近、旦那をしくじったらしくて、吉原に顔が出せなくなったとか」

芸者たちは顔を見合わせ首を傾げる。

「お京さん、あんた、その銀八になにかされたの。幇間は口のうまいのが多いから、口説かれて、どっかに連れ込まれて、ひどい目に遭ったとか」

お京は首を振る。

「いえいえ、あたしは銀八さんとやらの顔も知らないんですよ。ただ、あたしの世話になってる知り合いが、銀八さんに用があるけど、先《せん》のところにいなくなって、居場所がわからない。それで、吉原で顔の広いねえさんがたに、あたし、少しは顔が利くから、その人に頼まれて」

「それで、銀八を探してるの」

「はい、一肌脱いでみようかと」

「その世話になってる知り合いって、あんたのいい人でしょ」

「違いますよう」

「一肌なんて言って、全部脱ぐんじゃないの」

「いやだわ。ねえさん。でも、それもいいかしら」

芸者衆相手に話が下《しも》がかるのは楽しい。でも、なかなか銀八には行きつかない。置屋を何軒か回ると、とうとう引っ掛かった。

「あら、銀八。いやなやつよ」

年増芸者が顔をしかめた。

「ねえさん、ご存じですか」

「知ってるわよう。ちょいと小柄で、あんまりいい男じゃないわね。いい男じゃないのにいい歳をして、売れてなくて、男芸者っていうより、遊び人に向いてるわ」

「へえ」

「お座敷で見かけるようになったのは、ここ三、四年かしら。若い頃は肩で風切って、あちこちで豪勢に遊んでたなんて、法螺《ほら》吹いてたけど、金も元気もないしがない野太鼓《のだいこ》よ。ちゃらちゃら、お追従で旦那衆に食いつこうってんだけど、芸はないしねえ。ただ、見た目が貧弱でぱっとしないでしょ。銀八の横に並ぶとどんな旦那でも引き立つのが、まあ取柄みたいなもんだったけど、近頃めっきり見なくなったわ」

「旦那をしくじって、吉原にいられないとか」

「もともと、売れてないんだから、あんなのを贔屓にしてる旦那なんて、いるわけないわよ」

恨みでもあるのか、なかなか辛辣である。

「銀八さん、浅草に住んでるらしいですね」

「おまえさん、あの男になにか、用でもあるの」

「いえ、あたしじゃないんですけど、知り合いがちょいと」

「ふーん、あんなやつがどこに住んでるかなんて、あたしは知らないわよ。知っててても、かかわりたくない相手だけどね」

小栗藩の小姓であった藤巻主計は死に、長屋住まいの小間物屋、徳次郎として生まれ変わった。死んで生き返って町人になる。そのような器用な真似、わたくし、できませぬ。家老の田島半太夫の前でそう言い切ってから、もう一年以上が過ぎていた。

勘兵衛長屋の店子たちは元は同じ松平家の家中だが、みな、どこから見ても市井の庶民であり、さすがは隠密と感心する。すぐに打ち解け、いっしょに酒を飲んだり、軽口を叩き合ったり。徳次郎は奥女中との不義がきっかけで隠密を拝命したことまではみなに打ち明けているが、元の本名は名乗らず、小波との詳しいいきさつは語っていない。

町の暮らしに馴染み、夢中で世直しのお役目に専念していると、屋敷で過ごしたことは、すべて遠い昔の霧の中のように薄れていく。京橋の尾張町で、いきなり声をかけられるまで、小波のことはすっかり忘れていた。

お役御免となって実家に戻った小波は、元の町娘お峰に戻り、扇屋の明石屋に嫁いだのであろう。二年前、主計は二十四、小波は二十二。色恋に夢中になってはいたが、小波との婚姻は考えもしなかった。親類縁者もなく、独り身だったので、藤巻家の嫁に迎えても、だれも縁組に文句は言わなかったはずだ。武家と町人、元の身分は違っていても、大名家の奥女中となった商家の娘が武士の妻になることは珍しくない。大名や将軍の側室になることだってあり得る。

不義が発覚したとき、妻に娶りたいと申し出れば、お咎めにならずに丸く収まったであろうか。今となってはわからない。

往来で元の名を呼ばれるまで忘れていた小波、明石屋の女房お峰のことが、気にかかった。明石屋は裕福な大店であり、暮らしに困ることはないと思うが、亭主はどんな男だろう。子はいるのか。幸せなのであろうか。考え始めると、屋敷勤めで睦みあった昔のことが、あれこれ思い出される。

昨年八月から、世直しの案件が次々と続いて忙しかったが、今、差し迫ってのお指図はない。徳次郎はお役目とは別に、独自に明石屋を調べることにした。明石屋に直《じか》に入ってお峰と顔を合わせるのは避けねばならぬ。周辺の商家の女中たちに取り入って、台所の隅で小間物を広げながら噂を集める。

「え、明石屋のおかみさんですか。きれいな人だわねえ」

「そうね。旦那もいい男よ」

「ほんと、明石屋治兵衛《じへえ》さん、若旦那の頃から、役者にしたいような二枚目で、町内でしょっちゅう噂されてたわ」

明石屋の先代である父親が二年前に亡くなり、当主となった治兵衛が昨年、お峰と所帯を持った。

「憶えてるわよ、お嫁入りの行列。さすが大店のお嬢さん、祝言はまるでお雛様《ひなさま》みたいって」

「いいわねえ」

「あら、そうかしら」

「そうかしらって、なによ」

「いい男と別嬪なのに、あの夫婦、あんまりうまくいってないみたい」

「まあ、そんなことないでしょ。鴛鴦《おしどり》夫婦って、評判だったでしょ」

「好事魔多しっていうじゃない。小耳に挟んだけど、あのふたり、お雛様であろうと、鴛鴦であろうと、今じゃほとんど口も利かないそうよ」

「ほんとかしら」

「小耳に挟んだけど、ほんとらしいわ」

「うわあ、かわいそう」

「子供でもできれば、いいんだけど、ものも言わず、手も握らず、顔も合わせなけりゃ、それも無理な話ねえ」

どうやら、近所の女中たちの話では、お峰は亭主と仲がよくないらしい。小間物の荷を担いで、それとなく明石屋を見張っていると、主人の治兵衛が出てきた。

「行ってらっしゃいませ」

奉公人たちに見送られ、鷹揚にうなずく治兵衛を見て、徳次郎は息を呑む。ほう、なるほど、近所の女中たちが言ってた通り、見てくれは悪くない。まだ三十の手前だろう。背はすらりと高く、色白で整った顔立ち、二枚目役者を思わせる。着ている着物も上等で品がある。別嬪のお峰と肩を並べれば、たしかにお似合いのお雛様に見えただろう。

大店の主人が外出の場合、たいていは小僧が供《とも》をするが、治兵衛はひとりで大通りを歩いている。しゃんと背筋を伸ばし、胸を張って大股に歩く姿も堂々として様になる。

どこへ行くのか、跡をつけてやろう。尾行はさほど得意ではないが、相手はずぶの素人だ。治兵衛はしばらくして、辻駕籠《つじかご》を雇った。ということは、少し遠くに行くのだろうか。

駕籠は大通りを北に向かい、日本橋を渡り、神田からさらに昌平橋《しょうへいばし》を渡り、湯島《ゆしま》の聖堂の裏手からどんどん北に進む。おや、先月、長屋のみんなと飛鳥山《あすかやま》まで行くのに通った道筋だ。まさか、飛鳥山までは行かないだろうが、駕籠を雇っているのは、遠出であろうか。武家地の多い本郷《ほんごう》の加賀《かが》藩邸の向かいを菊坂町《きくざかまち》のほうへ曲がった。

坂道をしばらく行って、駕籠は仕舞屋《しもたや》の前で止まる。

　こんなところで小間物の荷を担いで突っ立っているのも変なので、徳次郎はそのまま駕籠の前を通り過ぎ、しばらく歩く。菊坂町の周辺はほぼ武家地である。

　駕籠から出た治兵衛は声をかけて仕舞屋の中に入る。駕籠はそのままじっと待っている。坂道は行き止まりだったので、徳次郎は引き返し、先ほどの加賀藩邸の前まで出て、行ったり来たり。

　遠くからちらちら見ていると、しばらくして仕舞屋から出てきた治兵衛、再び駕籠に乗り、真っ直ぐ寄り道もせず、京橋まで引き返した。なんだ、わざわざ駕籠に乗るほどでもないが、大店の主人は贅沢なものだ。商売が扇屋なので、職人の家に注文に寄っただけだろうか。菊坂というだけあって、菊畑もあり、風流な地域なので、上等の扇を作る職人がいるのかもしれない。

　いずれにせよ、夫婦仲がよくないという噂は気になる。お峰は別嬪、治兵衛は男前、ひとつ屋根の下で暮らしていれば、自然と仲良くなると思うのだが。

　なにかいがみ合うわけでもあるのか。あるいは治兵衛という男、ひょっとして外に女でもいるのか。大店の主人で、歳はまだ若く、姿形も悪くない。女にもてるだろうな。徳次郎は自分と引き比べて、そう思う。よその女にうつつを抜かし、女房のお峰を蔑《ないがし》ろにして、それで夫婦仲が悪いのか。

あっ、供も連れずに辻駕籠に乗ってひとりで行った本郷の菊坂町、扇職人の家ではなく、妾《めかけ》でも隠しているのか。それにしては、全然長居もせず、さっとすぐに出てきたな。

もう少し、女中たちの聞き込みを続けよう。

「明石屋の旦那って、見た目はいい男だけど、ちょっと野暮《やぼ》なのよねえ」

「あら、そうかしら」

「往来でばったり出くわしたのよ。ご近所だから、こっちの顔ぐらい知ってると思って、にっこり笑って挨拶したのに、なんだか素っ気なかったわ」

「そりゃ、あんたが相手だからじゃないの。目に入らなかったのよ」

「ひどい」

「うちの番頭さんが言ってたけど、明石屋の旦那、たまに茶屋遊びに誘われても、下戸《げこ》で、お酒があんまり飲めないそうよ」

「女に素っ気なく、お酒も下戸。いくら見た目がよくったって、それじゃ面白くないわねえ。それでおかみさんとも満足に口を利かず。そんなところかしら」

近隣の女中たち、水を向ければ、ぴいちくぱあちく、雀《すずめ》のごとくよく囀《さえず》る。女というものは、少しでも小耳に挟んだことがあれば、だれかれなく吹聴しなければ気のすまない性分なのかもしれない。

「あんたたち、みんな、知らないでしょ」

「なあに」

「明石屋の旦那、飲むのも買うのも、あんまり手は出さないんだけど、男の道楽、もうひとつあるでしょ」

「まあ、三道楽は飲む、打つ、買う。てことは」

「酒も飲まず、女も買わず、けっこう打つのよ。あんなおとなしい顔してるくせに」

「へええ」

意外である。堅気の商人でありながら、明石屋治兵衛が博奕《ばくち》を打つとは。ほんとうだろうか。

そこで、さらに近隣の商家で聞き込むと、厄介な噂が耳に入ってくる。真面目でおとなしかった治兵衛が、近頃どうも横柄になってきたというのだ。奉公人に乱暴な口を利いたり、出入りの職人にも偉そうな応対をする。大店の旦那だが、振る舞いの端々が無頼《ぶらい》の遊び人を気取っているようだ。その筋の連中と付き合いがあるんじゃないかと心配する声もある。

大店の主人と博徒が大っぴらに付き合うなどあり得ないが、博徒あがりの御用聞きが小遣い稼ぎに店に出入りすることは珍しくない。加えて意外なことがわかる。昨年の師走《しわす》、旦那衆の歳忘れの宴席があり、明石屋治兵衛はそこから誘われてちょっとした賭け事に手を出し、これが大当たりだった。裕福で金離れがいいのを見込まれ、それを機にずるずるとのめり込んだのではないかと。

今年になって、どうやら博徒の賭場《とば》に出入りし、勝負も大きくなった。明石屋の店に人相の悪い連中が来ることになったのはその頃で、夫婦仲も悪くなっていく。

甘やかされて育った大店の若旦那が、店を相続し、酒や女ではなく賭場に出入りし、博徒と付き合うようになり、言葉つきや態度が乱暴になった。

貧しい町人の中には、暮らしが立たず、ぐれて遊び人になり、博徒の手先となって、肩で風を切って、周囲を怖がらせる輩も多い。力をつけて顔を売り、兄貴株になり、親分になり、御用聞きも兼ねるのが男らしいと思っているのだ。

まさか治兵衛もそのような風潮に染まったのだろうか。いくら老舗《しにせ》の大店でも、主人が商売に身を入れず、賭場に出入りして、身代をどんどんつぎ込み、借金が膨らめば、今に屋台骨が崩れて、明石屋は潰れるだろう。そうなれば、お峰はいったいどうなるのだ。それがなにより心配な徳次郎であった。

四

四月もようやく終わる晦日の宵《みそか》の口、長屋の店子たちが亀屋の二階座敷に三々五々集まった。世間一般の長屋では大家が店賃を集めて地主に届ける決まりになっているが、勘兵衛長屋は逆に、毎月晦日になると店子たちに隠密の手当が店賃と称して支給され、慰労の酒宴が設けられるのだ。

床の間を背にした上座に大家勘兵衛、今日は隣に最年長のお梅。無礼講なので席順は決まっていないが、東側の窓際に大工の半次、浪人左内、鋳掛屋二平の三人。反対側の壁際には易者の恩妙堂玄信、箸職人の熊吉、小間物屋の徳次郎の三人。南側の下座に飴屋の弥太郎、女髪結のお京、さきほど料理と酒を運び終わった久助も改まってお京の隣の席に着く。

「さて、顔ぶれも揃ったので、そろそろ始めようかね」

勘兵衛が一同を見渡す。

「今日は井筒屋さんはお忙しいとのことで、わたしたちだけでやろうじゃないか。毎朝見廻りで顔は合わせているが、ここで集まっての酒宴は、花祭りの仇討ち騒動以来だ」

「いやあ、あの仇討ち、たいそう評判になりましたねえ」

左内の太刀さばきを思い出して、半次が言う。

「あっしも立ち合いましたが、助太刀の左内さん、手当たり次第に斬り殺すところ、目の当たりにして、ぞくぞくしましたよ」

「半次殿もひとり倒したではないか。見事でしたぞ」

左内が言い返す。

「へへ、お恥ずかしい。とんだ殺生しちまいました」

うなずく勘兵衛。

「みんなもよくやってくれた」

毎朝の点呼や通達は長屋の木戸の内側で行われるが、隠密の活動に関することを屋外でしゃべるわけにもいかず、大家が長屋を見廻りながら店子たちと世間話をしているように見せている。そしてなにかあれば、ここ亀屋の二階の座敷に集結し、若狭介からの指令があれば伝え、世直しの方策を考え、成就のあとは、みなで労《ねぎら》い、反省すべき点があれば改善策について話し合う。

「では、飲む前にまずは店賃。久助、頼んだよ」

「かしこまりました」

久助が勘兵衛の前に進み出て、紙包みの載った盆を受け取り、一同に配る。

「大家さん、ありがとうございます」

「ありがとうござんす」

「かたじけのうござる」

順番に金の包みが行きわたる。

「店賃はわたしが自腹を切っているわけじゃないよ。お殿様から賜ったものだ。みんな、ご苦労様だった。晩飯は済ませてきただろうと思って、たいした肴《さかな》はないが」

それぞれの膳の上に徳利と杯。肴は簡単に奴《やっこ》豆腐に煮豆に漬物程度。

「お、夏は奴に限るね。久助さん、酒の支度、いつも悪いね」

半次が久助に声をかける。

「いいえ、たいしたことはしておりません。あり合わせですよ。ちょうど、横町を豆腐売りが通ったもんですから、奴にしました」

「酒は井筒屋さんからこの前に頂戴した伏見の樽だよ」

「おお、そいつはいいですな。上方《かみがた》からの下り酒は格別です」

「まだたくさん残っているからね、みんな、たっぷり飲んでおくれ」

「はい、では遠慮なくいただきます」

一同、酒を酌み交わす。

「さ、大家さん、おひとつどうぞ」

お梅が勘兵衛に酌をする。

「ありがとう。お梅さんも」

勘兵衛に注がれて、喜ぶお梅。

「うれしいわあ」

「ようよう」

半次が冷やかす。

「花見で大店の夫婦の役が板についてましたけど、大家さんとお梅さん、お似合いですぜ」

「あら、半ちゃん、ありがと」

「ふたり並んで、まるで高砂《たかさご》、あっ、いけね」

「もうっ、また、人のこと、婆さん扱いして」

お梅に睨まれ、首筋を撫でる半次。

「へへ、勘弁。言い間違えました。高砂じゃなくて、雛人形みたいですねえ」

「ふんっ、わざとらしいわよ」

「まあ、冗談はさておき、みんな、飲みながら、聞いてくれないか。お殿様も今月の仇討ち、たいそう喜ばれたと、井筒屋さんからうかがっている。その後の話では、浪人の原田《はらだ》さん、江戸払いにはなったが、仇討ちが絶賛されて、さる藩に仕官なされたそうだ」

「おお、それはめでたい。あの御仁《ごじん》、気性が真っ直ぐで、見事本懐《ほんかい》を遂げられた。われらの世直しが人助けになって、喜ばしいですな」

浪人の仇討ちに肩入れしていた玄信はうれしそうだ。

「そうです、先生。悪事がひとつひとつ消えて、世の中の帳尻が合えば、人々の暮らしもよくなりましょう。次のお指図はまだないが、実はひとつ、ちょいと気になることがあって」

「へえ、大家さん。なんです。気になることって、なにか悪事の種でも見つかりましたか。またあっしらで、けりをつけなきゃならねえような」

「うーん、悪事かどうか」

勘兵衛は首を傾げる。

「わたしの取り越し苦労ならいいんだが。うちの長屋は去年に建てられて、みんなは八月から店子で暮らしているけど、最初から一軒は空き店になっているだろ」

「はい」

　空き店の隣に住む二平がうなずく。

「あれで、いろいろと重宝な使い道がありますから」

　人は住んでいないが、下屋敷で武器庫の番人をしていた二平が家老の田島半太夫に指図され武器や弾薬を運び入れた。また、変装用の衣装や道具類も巧みに仕舞われている。いわば隠密用具の物置なのだ。

「今月の半ば過ぎ、空き店を借りたいという男が訪ねてきたんだ。先約があると断ったが。長屋ができてから今まで、そんなことは一度もなかった。ひょっとして、何者かが長屋の秘密を探っているとしたら、剣呑な話だ」

「へええ、長屋の空き店に入りてえ野郎がいるんですかい」

　半次が言う。

「うん、よそから見れば、ごく当たり前の裏長屋だ。貸家札もなく、空き店があるなんて、だれも言い触らしたりしないだろ」

「昼間は木戸が開いてますからね。ときどき、物売りが入ってきますよ」

　木戸のとっつきに住む産婆のお梅が言う。

「そりゃ、入ってくるだろうな」

「あたしゃ、なにも買いませんけどね」

「あたしのところには月に一度は米屋が米を届けに来ます。八百屋や魚屋や食い物屋はのべつ幕なしに顔を出します」

そう言ったのは、居職《いじょく》で箸を削っている熊吉である。

「なるほど、熊さんは小商人のお得意さんだからね」

「はい、厠《かわや》の汲み取りも来ますけど、連中、外から見ただけじゃ、奥の一軒が空き店かどうか、わかるでしょうかねえ」

「熊さん、おまえさんはお梅さんの向かいで、昼間も家にいるだろ。おまえさんのところに来る商人以外に、変なやつが入り込んでうろうろしてることはないかな」

「さあ、気がつきませんねえ」

「おまえさんのような大男がとっつきにいてくれるから、怪しいのは入ってこないだろうな」

熊吉は体も大きく顔もいかついので、長屋の門番にふさわしいかもしれない。

「大家のわたしのところには、去年の八月からこっち、長屋を貸してほしいなんて一度も問い合わせはなかった。おまえさんたちも、知り合いに空き店のこと、訊かれたりしてないね」

一同は首を振る。

「十軒長屋の一軒だけ空いてるのは、番屋から名主さんに届けてあるが、そこから外へ広まるなんてことはあるまい」

「借りたいというのはどんな人ですかな。人相風体《にんそうふうてい》は」

玄信が問う。

「浅草の幇間で銀八と名乗りましたよ。歳は四十ぐらい。小柄で貧弱、人相はあんまりよくなかったな。贔屓になっていた旦那をしくじって、吉原で仕事がしにくくなったので、こっちの元吉原あたりをぶらついていて、うちの長屋に空き店があることを知ったというんですがね」

「ほう」

「貸す気はなかったので、相手の住まいや素性も詳しくは尋ねなかった。勘兵衛長屋に一軒空きがあることをどこで知ったのか、それも訊かなかった。だが、未練たらしく長屋に住みたい様子」

「ひょっとして、長屋の秘密を知ってる野郎かな」

半次が言う。

「長屋の秘密って、なんだい」

「よその長屋は晦日までに大家さんが店賃を集めて回るでしょ。ここじゃ、店賃は要らず、それどころか、毎月店賃がもらえる極楽のような長屋だって、嗅ぎつけやがったかな」

「馬鹿なこと言ってんじゃないわよ、半ちゃん」

お京が半次を睨む。

「へへ、まあ、そんなことないでしょうけど、あっ、そうだ」

半次が膝を打つ。

「なにか気づいたか、半ちゃん」

「その銀八って野郎、幇間だったら、芸者置屋で髪結姿のお京さんを見初めて岡惚れしたんじゃないかな。それでお京さんの跡をつけて、長屋に空きのあることを知って、お京さんの近くに住みたくて、大家さんのところに行く」

「なに馬鹿の上塗りみたいに寝ぼけたこと言ってんの。ひっぱたくわよ」

「お京さんにならば、ひっぱたかれてもあっしは本望でござんす」

勘兵衛は半次を制する。

「半ちゃん、今は真面目な話をしてるんだから、軽口で茶化すのはほどほどにするんだね」

「へい」

「銀八という男、何者だろうか。去年の秋から、お殿様のお指図で、いくつも不正を糺《ただ》し、悪を懲らしめ、世直しをしてきたが、いくら世のため人のためとはいえ、ことが公儀に発覚すれば、ただでは済まない。われらの動きになにか勘づいて、公儀の間者が探りを入れてきたのか。腕利きの隠密が、われら同様、しがない幇間になりきっているのかもしれない」

一同、顔を見合わせる。

「大家殿、その幇間が隠密、あるやもしれませぬな」

「そこですよ、左内さん。用心に越したことはない。それで先手を打つべきだと思って、お京さんに働いてもらいました」

みんながお京を見る。

「それはよい手立てでござるな」

「お京さん、銀八について調べてわかったこと、みんなに話してくれるかい」

「承知しました」

お京が語る。

「はい、大家さん。吉原芸者のねえさんたちの間を回って、噂を集めてきました。長屋を借りたいと申し込んできた男が吉原に出入りしている浅草の幇間、銀八と名乗ったそうですが、ほんとうにそんな男がいるのかどうか。銀八というのは幇間によくありそうな名前です。銀八じゃなく、金八という幇間がいたそうですが、これは去年、河豚を食って死んだので、別人です。芸者のねえさんたち、銀八なんて知らないという人が多かった。で、片っ端から訊いていくと、銀八という幇間が浅草に住んでいるのはほんとうでした。いたんですよ。銀八が。

芸人は人気商売。幇間は男芸者とも言われますが、吉原芸者のねえさんたちにもさほど名が売れていないのは、よほど目立たず、芸もまずいんでしょうかねえ。三、四年ほど前からお座敷でたまに見かけたが、最近はほとんど見かけないとのことで、知ってるねえさんはそんなに多くない。

歳は若くなくて、四十そこそこ。小柄で貧相。見た目がぱっとしないので、銀八の横に並ぶとどんな旦那でも引き立つのが、まあ取柄みたいなもん。そんなきついことを言われています。

以前は幇間ではなく、客としてちょくちょく吉原で芸者をあげて遊んでいたなんて自慢するそうですが、吉原芸者のねえさんがた、だれひとり知らなかったそうです。金も元気もなく、仲之町《なかのちょう》あたりを冷やかして、いけそうな旦那を見つけたら、ちゃらちゃら、お追従で食いつくそうですが、あんまり相手にされなかったようです。今戸《いまど》の裏長屋に住まいがあるのをようやく探し当てました。幇間といっても座敷がなければ、仕事もないので、昼間から酒飲んで、ぶらぶらしているのは、ただの遊び人みたいなもんですね。

「よく調べてくれたね、お京さん。うちの長屋を借りたいと言ってきた浅草の幇間、今戸に住む銀八だとわかったが、吉原で仕事がなく、茶屋の多い人形町界隈に目をつけて、住むところを探していただけなのか、それとも、わけがあって、うちの長屋に探りを入れてきたのか。今のところ、不明だが、お京さん、もう少し様子を見ていてくれないか」

「承知しました」

「すごいっ」

半次が感心する。

「さすが、お京さん。髪を結いながら、そこまで探り出すとは。畏れ入りました」

「半ちゃん、ありがと」

「さて、銀八の正体はまだはっきりしないが、昨年から殿の指令でいくつも不正を糺し、悪人を懲らしめてきた。万全を期してはいるが、われわれの動き、だれかに目をつけられているとしたら厄介だ。公儀の隠密、あるいは今までに退治し成敗した悪人と縁のある者が、なにかに気づいて、探りを入れてくることも、この先、起こり得る。どうだろうねえ。みんな、身の回りで最近不審なことはないかい。それが手掛かりになることもあるだろう」

一同は顔を見合わせる。

「あっしはそんなことありませんがね。この顔ぶれで一番目立つのは熊さんだ。どうだい、熊さん、荒物屋に箸を届けに行くとき、跡をつけられたりしないかい」

「この体で出歩くと、たいてい、向こうがびっくりして避けるよ。怖がって、跡なんかつけてこないと思うけど、間者ならわからないね」

「他に目立つのは、女がほっとかない色男。どうだい、徳さん、おまえ、いい男だから、女によく声かけられるだろう。今まで見たこともないような別嬪にいきなり声かけられたら、気をつけたほうがいいぜ」

半次に言われて、徳次郎はびくっとなる。

「おや、図星かい」

「やめてくれよ、半ちゃん。あるわけないだろ」

「へへ、ほんとかなあ。まあいいや。二平さんはどう、往来で呼び止められて、長屋のおかみさんに気に入られるとか」

「ないよ」

素っ気ない二平。

「だろうねえ。他にはと」

見回す半次。

「わたしは女にもてないし、不審かどうか、わかりませんが」

易者の玄信が言う。

「つい最近、わたしに会いたいという者がおりましてな」

「ほう、先生に会いたいですと。八卦《はっけ》でなにか占ってほしい客ですか」

「いいえ、そうじゃありません。わたしは普段は易者だが、たまに神田三島町《みしまちょう》の瓦版屋《かわらばんや》、紅屋《べにや》を覗いて、世間話のついでになにか世直しの種がないか、話を仕入れたりしております」

「たしかに、役に立っておりますよ。先生が集めたネタ」

「さようですかな。それで、つい紅屋に頼まれて、瓦版のネタを書くこともあります」

「先生」

　半次が言う。

「今回の日本堤の仇討ちは評判でしたね」

「ああ、まあね」

　玄信が戯作者一筆斎《いっぴつさい》として最初に書いた瓦版のネタは、偽《にせ》祈禱師隆善《りゅうぜん》の悪事を追い詰めた一件だった。隠密長屋の世直しにかかわった当事者として、いきさつを詳しく知っている。そこをうまくひねって、面白おかしい文にしたら、紅屋に喜ばれ、主人の三郎兵衛《さぶろべえ》が滑稽な絵を描いて、瓦版『隆善上人《しょうにん》昇天記』が飛ぶように売れたのだ。その後、悪徳質屋の悪事を暴いた『招福講《しょうふくこう》始末』、師走の南蛮煙草《なんばんたばこ》をネタにした『南町鬼退治』と続き、陰間《かげま》茶屋の悪事は生々しく差し障りがあるというので飛ばして、今月は『日本堤義士仇討』がまた評判を呼んだ。

「瓦版には版元の名は出しても作者の名は出さない。紅屋の主人だけは一筆斎の名を知ってるが、世間はネタが面白ければ、だれが書いたかなんて、どうでもいいからね。

で、このあいだ、紅屋を訪ねたら、一筆斎に戯作の依頼があったというんですよ」

「へえ、先生に。売れっ子になりましたねえ」

「なんでも、義士の仇討ちがさる版元の目に留まったらしいんです。そこの番頭が紅屋を訪れて、例の仇討ち騒動を書いた本人に会わせてほしいと言ったそうで、他にもなにか書いているかと問われ、紅屋は喜んで、『隆善上人昇天記』や『招福講始末』も同じ作者の一筆斎だと伝えました」

「ほう、すると、先生、その依頼をお受けなさるのですか」

「いいえ、大家さん。紅屋三郎兵衛は一筆斎の居場所を知りません。また、わたし恩妙堂玄信が一筆斎だとも知りません。ですので、こちらから応じない限り、相手の版元は向こうから連絡のつけようがありません」

「なんという版元ですか」

「そうだ。大家さんは絵草紙を扱っておられるから、ご存じですかな。神田の千歳屋《ちとせや》とのことで、ぜひわたしに訪ねてほしいとの伝言を紅屋に残しております」

「いやあ、先生。ここ亀屋は絵草紙屋ですが、わたしは商売にはまったく暗く、全部番頭の久助に任せっきりでしてね。久助、おまえ、神田の千歳屋という版元を知ってるかな」

久助は考え込む。

「神田の千歳屋さんねえ。うちでは扱っておりませんが、聞いたことのあるような。井筒屋の旦那様に伺ったらどうでしょう」

「そうだね。変なのが版元の名を使って、玄信先生に近づくことがないとは言えない。それにその番頭、紅屋の主人から、先生が一筆斎の名で、今までわたしたちがかかわった世直しの一件をいくつか瓦版に書いていることも知ったようだ」

玄信はうなずく。

「わたしは版元には近づかないようにします。隠密として、余計な駄文で名を売るなんて、控えねばなりませんな」

「ちと、残念じゃな。玄信殿の瓦版、文がよくできていて、読みやすく、面白い。拙者、思わず笑い申した」

これには一同驚く。普段気難しい左内が玄信の瓦版を面白がって読んでいたとは。

「いやあ、左内さんに喜んでいただけたとは、作者冥利《みょうり》につきますぞ」

相好《そうごう》を崩す玄信。

「この先、読めぬとは残念でござる」

「そうおっしゃっていただければ、なおのこと、うれしゅうございますよ」

「先生、いかがでしょう。その版元の千歳屋、公儀の隠密の手先として、瓦版の作者から、一件を探っていると、そんなこともあり得ますな。わたしから井筒屋さんに相談してみます。今は先生はかかわらないほうがいいですが、もし、こちらからなにか探る場合は、直に千歳屋に出向いてもらうことになるかもしれませんので、そのときはよろしく」

「心得ました」

「みんな、どうかな。他になにか、近頃変な目に遭ったりはしていないね」

首を横に振る一同。

徳次郎はかつての不義の相手が商家の女房になっており、往来で声をかけられたことも、その店の主人が賭博に溺れていることも黙っていた。

第二章　五月雨《さみだれ》

一

「旦那様。今朝は天気がよろしゅうございます」

朝の茶をいれてくれた久助が明るい顔で言う。

「ほんとだね。これなら見廻りに傘はいらないな」

五月となり、端午《たんご》の節句の直前から梅雨《つゆ》入りとなった。五月雨というだけあって雨の日が多く、長屋の住人、出職《でしょく》の大工や往来を売り歩く小商人、大道の易者やガマの油売りは雨では仕事にならない。

そんな雨の日でも、勘兵衛は律儀に傘をさして朝から長屋を見廻る。だが、店子のみんなは外に出ないで、各自の土間で濡れないように勘兵衛に頭を下げる。よほどのことがない限り、庇《ひさし》の下で簡単な挨拶だけ、みんなが無事にいるかどうか、それがわかれば、大事ないのだ。

が、今日は久しぶりに五月晴《さつきば》れだ。長屋の木戸を入ると井戸端でお梅が大根を洗っている。

「大家さん、おはようございます」

「お梅さん、おはよう」

「お天気いいですねえ」

「うん、雨の日は一日じめじめして、いやになるけど、今日は気持ちがいいよ」

空を見上げるお梅。

「からっと晴れたままならいいんですけど、中途半端に蒸すとよくありません。食べ物もすぐに傷《いた》みますし」

「なるほど、だけど、大根は傷みにくくていいんだろう」

「はい、大根は滅多にあたらず、体にもよろしいですよ」

ふたりの会話が聞こえたのか、半次が顔を出す。

「おはようござんす。なんですか、また当たらない大根役者の話」

「ふふ、半ちゃん、違うわよ。大根は体にいいって話よ」

「おおっ、そいつはいいですねえ。あっしも大根おろしと納豆を混ぜて、一杯やるのは大好きですよ」

「変なもんで一杯やるのね」

「うまいんだよなあ、納豆と大根おろしをぐちゃぐちゃに混ぜると」

「大根も納豆もどっちも毒消しだから、半ちゃんの心の奥にたまった悪いもんが消えていいかもしれないわ」

「なんだよ、お梅さん、あっしの心に悪い毒でもあるってんですかい」

「毒はないでしょうけど、軽口でひっかきまわすのは悪い癖ですよ」

「へへ、すいませんねえ」

首筋を撫でる半次。

他の連中も次々にみんな顔を出す。

「おはようございます」

「はい、みんなおはよう」

勘兵衛は鷹揚に挨拶する。

「雨が続くとみんな、仕事に困るだろ。今日はお天気でよかったね」

「へい、梅雨の間は普請もあんまりなくて、たまに晴れてもお手上げです。余計な軽口も控えるようにいたします」

「無理に控えなくてもいいよ。軽口でみんなを和ませるのは、おまえさんの取柄だから」

「うれしいねえ、大家さん。ねっ、お梅さん。話のわかる大家さんだろ。じゃ、軽口ついでに、雨降りと飴売り、語呂《ごろ》は似てても相性が悪い。雨が降ったら飴は売れないだろ、弥太さん」

「へへへ」

往来で飴を売り歩く弥太郎が笑う。

「半次さん、うまいこと言うねえ。たしかに雨で飴は売れず、仕方がないからあたしは油を売ってます」

「ほう、弥太郎殿は飴を売らずに油を売るとな」

左内がにやり。

「拙者のガマの油は庇のない大道では無理でござる。雨に濡れると刀が錆びます。たとえ庇があっても、雨の日はそもそも露店での商いにはなりませんな。どんなに見事に紙吹雪を舞わせても、立ち止まって見物する客がおりませぬ。今日は程よく晴れたので浅草の奥山まで出向き、ただの油でなく、ガマの油を売ろうと存じます」

左内が言ったので、玄信も同意する。

「大道易者は左内さんと同じ香具師《やし》ですからな。外でじっと客を待つだけ。屋根がないのでね。雨の日に柳の下に幽霊よろしく見台《けんだい》に傘立てかけて出たりすれば、天候も当てられないへぼ易者と思われましょう。ま、晴れたところで、たいした客は来ないでしょうが、今日は柳原《やなぎわら》に出ますよ」

「なるほど」

勘兵衛はうなずく。

「外回りの商いもやっぱり雨降りでは閑《ひま》だね」

「あたしは鞴《ふいご》を使いますから、濡れると商売になりません。今日は天気がよくて、うれしいです。鍋や釜を直しに町を回ります。一日回ったって、たいした銭にはなりませんがねえ。そこへいくと、熊さん、居職《いじょく》はいいねえ」

「はい」

二平に言われても、熊吉はにこりともしない。

「あたしはお天気を気にせず、一日、家の中で箸を削っているだけですから、気楽なもんです。今日みたいな五月晴れでも、じっと閉じ籠《こも》っておりますよ」

「居職じゃないけど、あたしも雨はあんまりかかわりないですね」

産婆のお梅が言う。

「降ろうが晴れようが、生まれる子は天気は気にしませんから」

「そりゃそうね。あたしもお得意さんの家の中で髪を結うだけですから、雨でも休めません。このところ、ずっと浅草界隈を回っておりますよ」

「お京さん、ご苦労だね。では、今日もみんな、元気で稼いでおくれ」

「へーい」

朝の見廻りは長屋の大家と店子たちが世間話をしているようにしか見えない。特に大きなお役目がないときはなおさらだ。

「おや」

半次が不思議そうに徳次郎を見る。

「徳さん、どうしたんだい」

いつもは半次の軽口を茶化す徳次郎が今朝はなにもしゃべらない。

「なんだい、半ちゃん」

「おまえ、今日は元気がないねえ。浮かない顔して」

「そうでもないよ」

「せっかくのいい天気だよ。色男が元気ないと台無しだ。行く先々の女たちにもてないぜ」

「いいんだよ」

「え、もてなくてもいいってのかい。徳さんらしくもない。なんか悪いもんでも食ったんじゃないか。お梅さんに診てもらったら」

「あらあら、半ちゃん。徳さんは顔色もいいし、見たところ、悪いところはなさそうよ」

「そうですかねえ」

「俺は別にどこも悪くないって。心配いらないよ」

ぷいと横を向く徳次郎。

「ふうん、勝手にするがいいや」

半次もそっぽを向く。

「おいおい、半ちゃんも徳さんも、いつも仲のいいふたりが朝っぱらから膨れっ面はよしなよ」

「すいませんねえ、大家さん」

「さ、くれぐれも変なやつらに気をつけておくれ。で、なにか気がついたら知らせるんだよ」

空は晴れたが、徳次郎は小間物の荷を担がずに町へ出た。商家の台所に上がり込んで女中たちの話を聞くときには櫛《くし》や紅《べに》、白粉《おしろい》は必要だが、そうでない場合、大きな荷物はかえって邪魔になる。

ここしばらく、行先は京橋の尾張町。雨の日も晴れた日も明石屋の周辺をうろうろしながら見張っている。まずは腹ごしらえに三十間堀の近くの蕎麦屋に入る。

やっぱりうまい。せっかく心配して声をかけてくれた半次を朝から邪険にあしらって、気がひける。あの男の軽口に悪気は全然ないと思うが、こっちが気がふさがっているとき、ずけずけと心の中を覗かれると、かちんとくることもある。いつもへらへらしやがって。だけど、芝居好きの半次、梅雨で大工の仕事が閑なら木挽町で芝居を見るんだろうな。今度、この蕎麦屋のこと、教えてやろう。

蕎麦を食い終わって、尾張町のあたりに戻る。

明石屋は上等の扇《おうぎ》を扱う店だ。夏場は季節の贈答品として重宝されるのだろう。雨の日に比べて晴れた日はそこそこ客が出入りしている。これだけの大店でも、売れ行きは天候に左右されると見える。

客筋はたいてい品のよさそうな町人。たまに武士もいる。

おや。しばらくして人相のよくない遊び人風の男がふたり店に入った。

「いらっしゃいませ」

番頭が頭を下げている。

「邪魔するぜ」

遊び人なら渋団扇《しぶうちわ》に決まっているというわけでもなかろう。上等の扇を求めに来たって不思議はない。が、どうも扇を買いに来た客ではなさそうだ。

徳次郎は店に近づき、聞き耳を立てる。

「へへ、旦那はいなさるかい」

「手前どもの主人に御用でございましょうか」

「うん、治兵衛さんにね。ちょいとお顔をお貸し願《ねげ》えてえんだがな」

「あの、どちらさまで」

「俺たちの名を知りてえってのかい」

「はい」

「じゃ、旦那は奥にいなさるんだな」

「はあ」

遊び人は顔を見合わせ、うなずき合う。

「わかったよ。俺は三吉《さんきち》、こいつは伝助《でんすけ》だ。旦那は俺たちの名はご存じだから、三吉と伝助が来たって、そう伝えてくんな」

有無を言わせず睨みつけるように言う三吉。

「少々お待ちくださいまし」

番頭が奥へ引っ込んだあとも、ふたりの遊び人は店の中で周囲を見ており、手代相手に扇を物色していた女の客と目が合う。

「おうっ、なんか用かよっ」

「いえ」

あわてて女の客が店を出ていく。他の客も気味悪がって、逃げるように去る。客の中にひとりの武士がいたが、やはり遊び人を無視して、こそこそと外へ出る。侍のくせに情けないが、かかわりたくない気持ちはよくわかる。

こんなごろつきが店に居座っていたんじゃ、他の客は入ってこない。奉公人もびくびくしており、商売の邪魔になることこの上ない。

「いやあ、三吉っつぁんに伝さんじゃねえか。待たせてすまねえな」

奥から出てきた治兵衛がふたりに笑いかけている。とても大店の主人と思えないような伝法《でんぽう》な口の利き方だ。

「へへ、治兵衛旦那、どうも」

「俺の顔を貸してほしいってのは、なんか用かい」

「ちょいとお越し願えませんかねえ。うちの親分がちょいと旦那にお目にかかりたいと」

「この前行ったばかりだが」

「いいでしょ。これから」

「ああ、わかったよ。おい、番頭」

「はい、旦那様」

「ちょいと出かけるんで、留守を頼むぜ」

「はい、どちらへ」

「どこでもいいや」

「お帰りは」

「用が済んだら帰ってくるよ。じゃあな」

「行ってらっしゃいまし」

　奉公人たち、ほっとしたように頭を下げる。

　驚いたな、どうも。噂では主人の治兵衛が賭場に出入りし、賭け金が大きくなって、借金を作ったり、無頼《ぶらい》の輩《やから》と付き合ったりしているそうだが、あのふたりがその筋であろう。

治兵衛は三吉と伝助に挟まれるようにして、下品な冗談でも言っているのか、笑いながら、肩で風を切るような歩き方をして、北の方角に向かう。日本橋を渡り、神田から昌平橋を渡り、本郷へ。

今回は遊び人ふたりがいっしょなので辻駕籠は雇わないが、以前と同じ菊坂町の仕舞屋に入った。扇職人の家でもなく、妾を置いているわけでもなさそうだ。とすると、そこが賭場であろうか。

周辺をうろうろしていても、治兵衛はなかなか出てきそうにない。町場だが仕舞屋が多くて、商家は少ない。

杖をついて坂道を歩いている老婆を見つけて、声をかける。

「お気をつけなさいまし。道がぬかるんでいますよ」

「はいはい、ここらは慣れておりますんでね。ご親切にどうも」

「ちょいとうかがいますが、大工の親方の半次さんのお宅、そこでしたっけねえ」

治兵衛の入っていった仕舞屋を指さす。

「大工の親方。違いますよ」

「そうでしたっけ。このあたりと聞いたんですが。今、職人風の人が入っていったんで」

「職人風ですって。ははあ、あそこは親方じゃなくて、親分、勝五郎《かつごろう》親分の家でございますよ」

「勝五郎親分、棟梁《とうりよう》じゃないんですね」

老婆は声をひそめる。

「下手《へた》に近づかないほうがいいですよ。博奕《ばくち》打ちの親分ですから」

「へえ、そうですか。どうもありがとうございます」

ぺこりと頭を下げると、老婆はうなずいて、坂道を下りていく。治兵衛が賭博にのめり込み、博徒と付き合っているというのは、どうやらほんとうらしい。

さて、どうするか。と思っていたら、治兵衛が出てきた。今度はひとりである。大通りに出て、辻駕籠を雇った。ひとりだと駕籠に乗って帰るのか。遊び人を気取っても大店の旦那、贅沢《ぜいたく》なもんだ。

駕籠は神田方面に向かい、神田、日本橋を通って京橋に戻る。今日はここまでか。菊坂の家が博徒の勝五郎とわかっただけでも儲けものだ。

駕籠は尾張町の明石屋の前で止まって、治兵衛は店に入る前に駕籠屋に言う。

「ちょいと待っててくんな」

「へい」

駕籠を店の前に待たせておいて、どうする気だろう。

「お帰りなさいませ」

「うん、今帰った」

それとなく見張っていると、治兵衛がまた出てきたのだ。

「行ってらっしゃいませ」

「うん、行ってくる」

再び治兵衛を乗せた駕籠は南に向かって新橋《しんばし》を渡り、芝口《しばぐち》から汐留川《しおどめがわ》に沿って西に向かって溜池《ためいけ》を過ぎ、赤坂新町《しんまち》に至る。本郷から京橋を通って赤坂か。駕籠屋の手間賃、けっこう弾まなければなるまい。

赤坂は山手《やまのて》の武家地に囲まれた町場であり、下町の日本橋や神田と違って、住む町人も少ない。細々《こまごま》した商店は目につかず、下世話な居酒屋も飯屋もない。静かなものだ。路地の裏には長屋もあるだろうが、九尺二間というより広めの三軒長屋ぐらいか。瀟洒《しょうしゃ》な仕舞屋が多く、数少ない商家はたいていが上品な大店で、客層は近隣の武家か富裕な町人が相手であろう。

治兵衛を乗せた駕籠は一軒の店の前に止まる。駕籠から出た治兵衛は酒手をはずみ、そのまま暖簾《のれん》をくぐる。頭を下げて去っていく駕籠屋。

「おお、これは明石屋の旦那様、ようこそお越しくださいました」

番頭が治兵衛を迎え入れる。

屋号は山崎屋《やまざきや》。稼業は経師屋。そうか。ここはお峰の実家なのだ。なにをしに来たのだろう。しばらく待ったが、動きがない。そうこうするうちに日が暮れたので、今日はこれまで。徳次郎は切り上げる。

翌日も天気がよく、朝早くから大家の見廻り。今日も徳次郎は静かである。

「みんな、元気で稼ぐんだよ。変なのに気がついたら、知らせておくれ」

「へーい」

徳次郎は小間物を担いで、赤坂新町まで行く。担ぎの小間物屋がうろうろする下町と違い、表通りの商家は薬種屋《やくしゅ》、数珠屋《じゅず》、上菓子屋、葉茶屋、武具屋など格式のありそうな店が多く、どこの女中もお高くとまって澄ましており、そう易々と台所の隅に入り込めそうにない。

山崎屋の隣は烏帽子屋《えぼし》である。経師屋の隣が烏帽子屋か。徳次郎はそっと裏手に回る。しばらくして、裏口から出てきた女中はちょいといけそうだ。

「あの、ちょいと伺いますが」

「なんでしょう」

「ねえさん、こちらの女中さんですか」

徳次郎は女中をじっと見つめる。

「はい、そうですけど」

美男の徳次郎に声をかけられると、たいていの女はどぎまぎする。

「実はあたし、小間物を商ってるんですが、お隣の山崎屋さん、去年からしばらくご無沙汰しておりましてね。久々にうかがいましたら、贔屓にしてくださってたお嬢さん、いらっしゃらなくて」

「あら」

「お峰さんとおっしゃいましたね。お嫁に行かれたそうで」

「そうですけど」

「そんなおめでたいことがあったのに、存じ上げず、しまったなあ」

「どうしたの」

「いえ、お峰さんにご贔屓にしていただいて、お得意様でしたが、お嬢さんがいないと、出てきた怖い顔の番頭さんに門前払いをくっちまいまして。大店にはちゃんとした小間物屋が出入りしており、担ぎ商いなど用はない。侮《あなど》られたもんです。ああ、品物をどっさりと担いできたんですが、弱ったなあ、どうも」

残念そうに上目づかいで女中をうかがう。

「あら、そう。お隣の番頭さん、ちょっととっつきにくいわねえ」

「はい」

「で、あんた、なにを扱ってるの」

「櫛、簪《かんざし》、髪油《かみあぶら》に紅や白粉。こんなもんです」

徳次郎はにっこり笑い、小さな器を取り出す。

「あら、なんなの」

女中は興味深そうに器を見る。

「どうぞ」

徳次郎が器を差し出すと、女中は訝《いぶか》し気。

「え、なんです」

「ねえさんは口の形がいいから、この紅が似合いそうです」

そう言って、器を手渡しながらそっと女中の手を握り、小声でささやく。

「差し上げましょう」

「え、くれるの」

「はい、ちょいと助けると思って、力を貸してもらえませんかね」

「なあに」

「山崎屋さんで門前払い、あたしはこのあたりは不案内。このまま背負って帰るのも面倒です。ねえ、お安くさせていただきますよ。お宅でいかがですか」

　女中はちょっと考え、うなずく。

「そうねえ。じゃ、ちょっと聞いてくるから、ここで待ってて」

　間もなく女中に手招きされ、徳次郎はまんまと烏帽子屋の台所に入り込み、小間物を並べる。女中たちが仕事の手を休め、うれしそうに集まってくる。この近隣には小間物屋がなく、ちょうどよかったようだ。

「あら、これ、いいわね。おいくら」

「お安くしておきます、このぐらいでいかがでしょう」

「わあ、うれしい」

「どうぞ。ところで、お隣の山崎屋さんのお嬢さん、さぞやご立派な花嫁さんになられたんでしょうねえ」

「なら、いいんですけどね」

いつもの手である。城を落とすには外堀から。下町であろうと山手であろうと、女中たちの口の軽さに変わりはない。台所にさえ入り込めればこちらのものだ。

お大名の御殿女中をしていたお嬢さんが宿下がりして、京橋の扇屋に嫁いだ話。それはもう知っている。

「最近、お峰さんのご亭主、ちょくちょくお隣に顔を出すそうよ」

「あら、あんた、どうしてそんなこと知ってるの」

「ちょいといい男なんだって。お湯で、隣のお竹《たけ》さんがしゃべってたわ」

明石屋治兵衛がちょくちょく山崎屋に現れる。亭主が女房の実家を訪れることは別におかしくないだろうが、賭場の借金で首が回らなくなり、裕福な山崎屋に助けを求めているとすれば、騒動につながりかねない。

飲む、打つ、買うは男の道楽とはいえ、夫の乱行に苦しむ女房は江戸中にいくらでもいるだろう。亭主が酒に酔って乱暴したり、女遊びをしたり、妾《めかけ》を囲ったり。博奕《ばくち》も同じことだが、娘の亭主がそんな道楽者とわかれば、実家では離縁を考えるのではないか。

離縁となれば、娘といっしょに持参金と嫁入道具を返さなければならないが、今の治兵衛にそんな余裕はない。それに男が三下り半を書かなければ、離縁は成り立たない。治兵衛が山崎屋に金の無心をする場合、博奕の借金とは言わず、なにか金を出させる上手な口実を用意するかもしれない。それはどんな手口であろうか。

赤坂新町で山崎屋周辺の商家をいくつか回ってみたが、どこの女中たちも老舗の大店に嫁いで何不自由ないお峰の境遇にはさほど興味がなく、亭主の博奕狂いも知らず、たいした噂は集められなかった。

このままいけば、なんらかの危難がお峰にふりかかるに違いない。首を突っ込めば突っ込むほど、徳次郎はお峰の行く末が心配でならない。

二

しばらく五月雨が続き、雨で商売に出ず、長屋に引き籠っていると、隣の玄信がふらりと徳次郎のところへ顔を出す。

「徳さん、いたね」

「雨じゃ、商売になりませんから」

路地に降る雨に当たらないよう、小太りの体を庇に寄せている玄信。

「みんなそうだよ。熊さんだけは居職で天気はかかわりなかろうけど」

「どうしました。先生」

ふと見ると、玄信は徳利をさげている。

「朝から雨で閑だし、たまには昼から一杯やりたいと思ってね。ひとりで飲むのはつまらないし、隣同士のよしみでどうだい」

珍しいこともあるものだ。亀屋の二階でみんなと飲むことはよくあるし、半次とはたまに居酒屋で盃を交わすこともある。だが、玄信と長屋で飲むなんて、今まで一度もなかった。断る理由もないので、招き入れる。

「じゃ、汚いところですが」

「うん、悪いね」

濡れた肩のしずくを払い、上がり込む玄信。徳次郎は座布団を出し、盆の上に湯呑茶碗を用意する。

「どうぞ」

「徳さん、さすがに、塵ひとつないね。きれいじゃないか」

衝立の裏にきちんと畳まれた夜具。衣桁《いこう》に掛けた着物。隅に置かれた商売道具の小間物の箱。場所をとるような所帯道具はなにもない。

「塵どころか、なんにもありません」

「まず一杯いこう」

玄信が差し出す徳利の酒を徳次郎は湯呑で受ける。

「ありがとうございます。では、先生もどうぞ」

「おお、すまないね。こんなに明るいうちから一杯やれるなんて、長屋暮らしは気楽でいいもんだ」

たしかに屋敷勤めのときには考えられなかった。

「ときに徳さん」

玄信は徳次郎の顔をじっと見る。

「おまえさん、どうやら女難の相が出ているようだ」

「えっ」

驚く徳次郎。

「あたしに女難の相ですか」

「うん、それでちょいと気になったもんだから」

易者をしているだけあって、玄信は商売柄、人の心を見抜いて言い当てる特技がある。本人に言わせれば、神がかりでも神通力でもなく、理屈でよく考えればわかる話らしいが、やはり驚かされる。

「いったいどういうわけでしょう」

「まず、おまえさん、このところ、気がふさいでいるだろう」

「はあ」

「いつもは半ちゃんが軽口言ったら、気の利いた返事をしてやりこめたりするじゃないか。ところが、なにを言われても、まともに返事もしない。別に半ちゃんと喧嘩してるわけでもないだろうに」

「喧嘩なんかしてません」

　うなずく玄信。

「そうだろ。わたしたちはみんな裏長屋にひっそりと暮らしているが、金には困らない。同じ長屋の隣近所で諍《いさか》いもない。今は厄介なお役目も抱えていない。お梅さんが言ってたが、おまえさん、顔色もいいし悪い病気もなさそうだ。それなのに気鬱に見える」

　明石屋のお峰のことで、あれこれ悩んでいるのはたしかだが、長屋のみんなに今の自分がどう思われているかなんて、考えもしなかった。

「徳さん、そのわけは、ひょっとして恋患《こいわずら》いじゃないかと」

「あたしが恋患いですって」

これには徳次郎、さらに驚いた。

「まさか、そんなこと」

「おまえさんは見た目も気性もいいから、女によくもてるだろ。だけど色事には縁がないね。女にちやほやされながら、うまく仲良くなるが、決して自分から惚れて夢中になることはないんだ。だからこそ、どんな女にもすんなり取り入って、噂を上手に引き出せる。女に心が乱れないのは、今のお役目にはもってこいだとわたしは思う。そんなおまえさんが病気でもないのに元気がないってのは、やはり女のことで悩んでいるんじゃないのかね」

自分で思っている以上に玄信の言葉は的を射ている。

「先生には隠せませんね」

大きくうなずく玄信。

「やはり、そうかい」

「今、先生に言われるまで、自分でも気がつきませんでしたが、女のことで悩んでいるのはほんとうです」

「うん。悩みをひとりで抱え込んでいるのはよくないよ。お役目にも支障が出る。今日は雨で仕事にならず、閑だし、わたしでよければ、話を聞かせてくれないか。女の悩みとなると、もてないわたしが力になれるかどうかはわからないが、相談に乗るのは易者の仕事だ。人に話すだけで、晴れる悩みもあるからね。まあ、くよくよせずに一杯やろう」

「はい」

徳次郎は茶碗の酒をぐっとあおる。

今日のような雨の日に尾張町や菊坂町や赤坂を嗅ぎまわっても、たいして収穫はないだろう。ひとりで考え込んでいても、よい思案は浮かばない。とりあえず、酒を飲みながら、先生に話を聞いてもらおうか。

「じゃ、ひとつあたしの話を申し上げます。おっしゃる通り、女のことで困っております。どうすればいいか」

「ふうん。やはりそうだったか」

溜息をつく徳次郎に玄信はうなずく。

「あたしが女のことであれこれ悩むなんて、正直言って、ここんところ、ずっとありませんでした」

「だろうね。ちやほやされて、好きでもない女につきまとわれるのは面倒だが、自分から夢中にならなければ、さほど苦にもならないだろうな」

「あたしが女に心動かされたのは、後にも先にも、たった一度だけです」

はっとする玄信。

「そうなのか。すると、おまえさん、逢ったんだね」

「えっ」

徳次郎は声をあげる。

「だから、たった一度だけの女にだよ」

「先生、おわかりですか」

しばし考え込む玄信。

「うむ。その女がだれかも察しがつくよ」

「はあ」

「お屋敷でわたしは祐筆だった。お殿様の側に仕える小姓のおまえさんのこと、よく見かけて知ってたよ。去年、わたしがお役御免になる少し前、おまえさんは奥に仕える腰元との不義で切腹となった。作事方の半ちゃんや、賄方の熊さんや、下屋敷にいた二平さんや、浪人の左内さんは知らないだろうが、わたしはおまえさんの以前の名前も知ってるよ。藤巻主計殿」

　ぽかんと口を開ける徳次郎。

「そこまでご存じでしたか」

　物識りで頭の中になんでもかんでも詰め込んでいる玄信。それが隠密として役立っていることに、徳次郎はいつも感心していたが、そんなことまで知られていたとは。

「うん。相手の腰元の名前や、その後どうなったかまでは知らないが、町人の娘だったので、お咎めにはならず、宿下がり。お屋敷奉公して奥勤めなら、相当に裕福な商人だ。つり合いのとれた商家に嫁ぐんじゃないか。ならば江戸の町に暮らしているに違いない」

「はい」

「わたしたちはみんな、隠密になる以前のことは忘れたつもりだが、自然に引きずっている。いきなり、それが目の前に現れることもあり得ない話じゃない。おまえさん、後にも先にもひとりの女にしか心を動かされたことがないと言ったね。つまり、その惚れた相手に逢ったために、今、悩んでいるんだな」

　肩を落とす徳次郎。

「先生はまるで千里眼ですね。その通りです」

「やはり、女難の相か」

「厄介であることに違いはありません」

「まあ、一杯いこう」

「ありがとうございます」

　ぐっと飲む徳次郎。

「いきなりでした。先月、京橋の横町を歩いていたら、雨が降りはじめて、ある店の裏口で女に声をかけられ、雨宿りをさせてもらったんです」

「えっ、その女がかつての腰元なのか」

「いいえ、ただの年増の女中で、台所に上がり込んで雨宿りついでに小間物を広げて商売しながら、世間話。雨がやんだので、礼を言って、外へ出て歩きだすと、後ろから声をかけられました。藤巻様ではありませんかと」

「うっ、それが」

「雨宿りさせてもらった家のおかみさんでした。台所にいるあたしをちらっと見て、顔も背丈も声も藤巻主計にそっくりだったので、声をかけたんだと思います」

「気づかれたのか」

「いいえ、こう見えても姿形からしゃべり方まで、担ぎの小間物屋でござんす。それに藤巻主計は腹を切って死んでおります」

「なるほど。世の中には双子でもないのに瓜二つの人間がいるという。生まれた場所も身分も境遇も違うのに、顔つきから背格好までそっくりで、区別がつかない人間が三人はいるらしい。今のおまえさんは武士には見えないよ。番方だったから、動きに隙はないけれど、わたしも長屋で初めておまえさんを見たとき、藤巻殿とは気がつかなかった。お屋敷で何度も見かけてはいたがね」

「先生がお屋敷であたしを見たのは、遠くからちらっと何度かだけでしょ。でも小波は、あ、腰元の名が小波なんですが、あたしとは間近で数えきれないほど逢瀬を重ねております」

「それでも気づかれなかったんだね」

「はい、そう思います」

「じゃ、どうして声をかけたんだろう」

「おそらく、自分で言うのもなんですが、小波は今も藤巻主計のことが忘れられないのではないでしょうか。それでそっくりな、というか本人そのもののあたしを見て、思わず声をかけたと」

「ふうん。では、おまえさん、女に今の隠密の正体を知られて、窮地に追い込まれ、それで落ち込んでいたわけじゃないんだな」

うなずく徳次郎。

「とりあえず安心だが、じゃ、どうして悩むことがあるんだ」

「そこなんですよ。小波の今の名はお峰、京橋の大店のおかみさんです。扇を扱う老舗《しにせ》で屋号は明石屋。亭主が治兵衛。ちょいと聞き込みましたところ、夫婦仲がすこぶる悪い様子」

「ほう、かつて惚れた女が今、大店の女房になって、亭主と仲が悪い。それでおまえさんが悩むわけか」

「うーん。そこでもう少し、調べてみました」

「ははあ、それが女難だよ。昔の女がどうなろうと、忘れるのが一番だ。よその夫婦の間のこと、どうでもいいんじゃないか。世間には仲の悪い夫婦は掃いて捨てるほどいるよ」

言われて、再び溜息をつく徳次郎。

「そうですよね。この明石屋治兵衛ってのが、飲む、打つ、買うのうち、打つのに入れあげて」

「博奕か」

「賭場に出入りし、無頼の輩と付き合い、大店の主人のくせにまるで伝法な遊び人のような振る舞い」

「ははあ。飲む、打つ、買う、三道楽はよくないな。少しぐらいと思っていても、つい度を過ごすと身を滅ぼす」

「治兵衛は酒も女もやらず、ただ打つだけですが」

「飲み過ぎれば毒が回って体を壊す。打ち過ぎれば金を無くし家を潰す。買い過ぎて、女に入れあげればなにもかも無くす。つまり、その明石屋は潰れそうなのか」

「うーん、どうでしょう。博徒の子分が店に押しかけ、どうやら賭場の借金を親分に催促されて、女房の実家の赤坂の山崎屋に金を無心している様子」

「そうか。それでおまえさん、そのおかみさんにまだ未練があり、不幸せになるのを案じているわけだな」

「そんなところです」

「だいたい話はわかった。まあ、一杯いこう。どうだい、徳さん。わたしに打ち明けて、少しは気が楽になったかい」

徳次郎は首を横に振る。

「いえ、全然」

眉をひそめる玄信。

「しゃべっても気が晴れないか」

「晴れませんねえ。ますます落ち込んでいくような」

「そいつはいけない。煩悩が深いな。で、おまえさん、どうしたいんだ」

「さて、どうしたもんでしょう。このままいくと、明石屋ばかりかお峰の実家にまで危難がおよぶかもしれません。あたしの手でなんとかできるでしょうか」

「なんとかって、おまえさん、いくらお屋敷で昔惚れた女だといっても、今は町場の女房だ。救ったところで、よりは戻せないよ」

「それはよくわかっております。わかっていながら、どうにもならない。まして夫婦の間のことは、よそからはわかりません。そんな亭主は離縁するのが一番だと思いますが、女から離縁は持ち出せない。亭主が三下り半を書かなければ、別れることすらできないんです」

「女のほうから離縁できる手立てがひとつだけある」

「あるんですか」

「尼寺へ行け」

「え」

「鎌倉《かまくら》にある縁切寺に駆け込めば、亭主に離縁状を書かせることができる」

「へえ、そんな寺があるんですか。いずれにせよ、先生、今日はあたしのつまらない話を聞いてくださって、ありがとう存じます。このことはみんなには内緒にしておいてください」

　言われて玄信は考える。

「しかし、その明石家治兵衛が引っ掛かっている博徒が札付きの悪人なら、他にも困っている人が大勢いるかもしれない。われわれの手で調べるだけのことはあるんじゃないかな」

「よしてくださいよ」

「まあ、これだけは忠告しよう。おまえさんは決して明石屋のおかみさんに近づいてはいけない。焼けぼっくいは怪我の元だから」

「そうですね」

「で、その博徒について、なにかわかったことはあるかい」

「はあ、本郷の菊坂町の博徒の親分で、名は勝五郎といいます」

「餅は餅屋というからな。ここはひとつ、賭場に詳しい弥太さんに調べてもらっちゃどうだい」

「ええっ。だけど、これはあたしひとりの厄介事ですから」

「もぐりでやってはいるが、博奕は本来、禁じられている。堅気《かたぎ》の商人を食い物にする博徒は気になる。お上が手入れしないのも、裏に役人との不正があるかもしれない。大家さんにお願いして、世直しの案件になるかどうか、みんなの知恵も借りようじゃないか。弥太さんに探ってもらって、なにか出そうなら、儲けものだ」

「だけどなあ。女のことで半ちゃんに、からかわれたくないなあ」

「水臭いこと言いなさんな。われら世のため、人のために働く隠密でござる。それで、世直しの案件となり、明石屋の女房、小波を助ける手立てになるのなら、よろしゅうござろう、藤巻主計殿」

三

五月は中旬になっても、降ったりやんだりの日が続く。夜になって、長屋の一同が亀屋の二階に集まった。

上座に勘兵衛と徳次郎、下座には弥太郎とお京と久助。特に席は決まっていないので、あとは各自それぞれ適当に座っている。今夜は酒と肴の膳はなく、茶と茶菓子があるだけだ。

「みんな、ご苦労だね。足元の悪い中、集まってもらって」

「へへ、大家さん、足元が悪くたって、長屋からこちらまで、目と鼻の先ですからね。今日は小降りだったから、傘もいりませんや」

半次は雨が降ろうと明るく陽気だ。

「そうかい。半ちゃん、ありがとうよ。今は普請がなくて、大工はあがったりだろう」

「まあ、仕事師はみんな困ってますよ。一日や二日晴れても、雨になると仕事にならず、仕方がないから、あたしはたまに芝居を見るくらいです」

「ほう」

玄信が驚く。

「こんな雨の日でも芝居はあるのかい」

「いえ、先生。土砂降りじゃ、芝居になりません。雨が降り込むので明かり取りが開けられず、小屋の中が真っ暗でなにも見えませんからね」

「なるほどなあ。火事が危ないってんで、芝居中、火を使うのはご法度《はっと》なんだね」

勘兵衛はみなを見回す。

「芝居の話はさておき、先月晦日にも言ったが、この長屋の動きがだれかに探られているかどうかだ。お京さん、今戸の幇間、銀八はその後、どうだい」

「はい、全然仕事していませんね。吉原にも、他のお座敷にも呼ばれている様子はなくて、昼間から近所で酒飲んでぶらぶらしております。まるで遊び人ですけど、よくおあしが続くもんです」

「ほう、じゃ、あんまり遠くに出かけたり、人に会ったりはしていないのか」

「天気もよくありませんからね」

「そうかい。あの男、浅草に居づらくなって、こっち方面で長屋を探してるなんて言ってたが、空き店を探す様子もないんだな」

「雨じゃ、それも仕方ないですけど」

「うちの長屋に来たのは、たまたま通りかかっただけならいいんだが、ぶらぶらして仕事もせず、それで酒を飲んでいるというのは、どこかから、実入りでもあるんだろうか。ひょっとして、その男、飲んだくれの幇間は世間を欺く仮の姿、公儀の隠密がわたしたちの動きを疑い始めたとか」

お京は首をすくめる。

「まさか、芸者衆から相手にもされないあんなのが隠密とは、とても思えませんねえ。

隠密のあたしが言うんですから」

「うむ。それはどうかな。隠密に見える隠密などおらんよ」

左内が言う。

「われらにしたって、へらへらした大工、地味な鋳掛屋、優男《やさおとこ》の小間物屋、どう見たって隠密には見えないが、みんなたいそう優れものだ」

「そうですなあ」

玄信がにやり。

「しょぼくれ易者のわたしだって、隠密には見えないでしょう。まあ、隠密としてもたいしたことないですがね」

「あら、左内さんも先生も、隠密らしくない銀八が公儀の隠密とでも」

「あ、いや、お京さん」

知ったかぶりの玄信が言う。

「わたしはその男、公儀の隠密とは思いません。公儀の隠密の第一の仕事は、商人などに化けて諸国の藩の動きを探ることです。城の増改築、武器の所蔵、年貢の実態、民百姓の心情、そして領主の思惑。幕府に対して謀反の動きがあるかどうか。もちろん、お膝元の江戸でも潜伏しているでしょうが、たいていは大名屋敷を探るのが仕事です。町の真ん中で悪事や騒動が起ころうとも目を向けません」

「なるほど、一理ありますな」

勘兵衛はうなずく。

「それならばいいんですがね。公儀ににらまれたりしたら、われらはおしまいですから」

「そうですとも。大家さん」

玄信はわが意を得たり。

「もし、江戸でわれわれを探る隠密がいるとすれば、町奉行所の隠密廻同心ですかな」

「ふふふ」

お京が笑う。

「先生は銀八本人を見たことないでしょ。動きはのろのろして、とても町方の隠密廻になんて見えません。だけど隠密が隠密に見えるわけないというのもほんとうですね。今のところ、なんとも言えませんが、あたしも閑ですから、もう少し、今戸を張ってみます」

「うん、頼んだよ、お京さん。他にみんな、怪しい者につけられているとか、探られているとか、なにか気がついたことはないかい」

首を横に振る一同。

「わかった。じゃ、今日はひとつ、世直しの案件になるかどうかはわからないが、徳さんが気になることがあるというので、みんなで相談したいと思う」

半次が目を丸くする。

「へえっ、徳さん、なんかあるの」

「うん、半ちゃん、こないだはごめんよ。ちょいとわけがあって、落ち込んでいたもんで」

「いいってことよ」

「じゃ、徳さん、みんなに話してくれないか」

「わかりました」

居住まいを正す徳次郎。

「実は玄信先生と大家さんにはもう伝えてありますが、先月からあたし、ちょいと弱っております」

合点する半次。

「なんだ、徳さん、それで元気がなかったんだな」

「うん。お屋敷にいたとき、あたしが小姓をしていたのは、みなさん、ご存じでしょう。どうして今、小間物屋としてここにいるか。前にも言いましたが、奥女中と間違いがあって、お咎めで切腹と決まりました。小姓のあたしは死んで生まれ変わって、今、隠密をしております。優男の小間物屋にしか見えませんけどね」

みんなうなずく。それぞれ、事情は違っていても、元の自分を捨てて隠密になった経緯は似たようなものだ。

「不義の相手の奥女中は、町人の娘だったので、親元に帰り、そこから商家に嫁いで、今は町場のおかみさんです。先月、その女にばったり出くわしたのです」

「へええ」

驚く一同。

「往来で、いきなり昔の名で呼ばれて、はっとなりました。みなさんだって、江戸に暮らしている以上、いつなんどき、昔の知り合いに出会わないとも限りません」

「そうであったか」

左内が納得する。

「隠密の正体がその女人に知れて、それで困っておられたのじゃな。徳次郎殿」

「いえ、左内さん。そうじゃないんで」

「と、申されると」

「あたしはすぐにその女が不義の相手だとわかりましたが、向こうはそこまでは気がついていない様子」

「ええっと、徳さん」

　半次が言う。

「わからねえな。向こうはおまえさんが、小姓だったと気がついていない。それなのに、なんで昔の名前で呼びかけたりしたんだよ」

「なんでかって。たまたま見かけた男が不義の相手だった小姓とそっくり、というんで瓜二つのあたしに思わず呼びかけたんだろうね。小姓だったときのあたしのことが忘れられなくて」

「そこが色男のつらいところだな」

　感心する半次。女が昔の男のことをいつまでもずるずると忘れずにいる。ほんとかよう。美男だけあって、徳さんは自惚《うぬぼ》れが強いや。女なんてもんは、次の男ができれば、別れた野郎のことなんて、きれいに消えちまうんじゃねえのか。そう思ったが、黙っていた。

「往来で昔の名を呼ばれてはっとしましたが、とっさにとぼけて済ませました。ご覧の通り、どう見たって小商人、優男の小間物屋でございますから」

うなずく一同。

「あたしは今の隠密の正体を見破られたわけではなく、そこは安心です。ただ、その女のことが気になり、ちょいと調べました。今は京橋の大店、明石屋という扇屋の女房で、亭主の治兵衛が博奕にのめり込んで、借金がある様子。私情を持ち出して申し訳ないのですが、それでなんとかしてやりたいと思っております」

「なんだい、徳さん、やっぱり女に優しいんじゃないか」

昔の色恋を忘れられないのは、女じゃなくて、男のほうだぜ。と内心、半次は思う。

「さあ、どうだろう。で、先生にそのことを打ち明けましたら、その博徒の親分がもし、不正役人と手を組んで堅気の衆を苦しめる悪人ならば、世直しの案件になりそうだと。それで、大家さんに伝え、今、こうしてみなさんの前で恥を忍んで申し上げた次第でございます」

「そうかい、徳さん、変にからかってごめんよ。こっちだって、いつなんどき、お屋敷にいた頃の知り合いにばったりとも限らねえや」

「ありがとよ、半ちゃん」

勘兵衛は一同を見回す。

「いいかな、みんな。というわけで、徳さんから出たこの案件、ちょいとわたしたちでほじくってみようと思う。その博徒の親分だが、徳さんの調べで、本郷菊坂町の勝五郎とわかっている。勝五郎は治兵衛の借金を催促し、治兵衛は女房の実家、赤坂の経師屋の山崎屋にどうやら無心しているらしい。そうだね、徳さん」

「はい、すいませんねえ。あたしの身勝手な案件ですが、なんとかなるようなら、お願いいたします」

「そこでまず、その勝五郎の賭場ってのを調べてみたい。弥太さん、おまえさん、飲む、打つ、買うのうち、打つのが好きで顔が利くだろう。菊坂町の賭場、知ってるかい」

「はは、いやですよ、大家さん」

　苦笑する弥太郎。

「博奕はしょっちゅうやっておりますが、お役目でしてねえ。好きなわけじゃありません。菊坂町に賭場なんて、あったかなあ」

「勝五郎のことは知ってるかい」

「うーん、賭場はご法度ですが、江戸中にたくさんあります。あたしも全部知ってるわけじゃないんで。たまに手入れがあっても、お上と馴れ合いのところも多く、持ちつ持たれつ。ご法度の岡場所がなくならないのと同じですかね」

「なるほど、賭場も岡場所も似たようなものか」

「はい。そんなところでして。では、ちょいと当たってみましょう。本郷で親分の名前が勝五郎ですね。うまく潜り込めれば、おなぐさみでございます」

「じゃあ、弥太さん、頼むよ」

「かしこまりました」

「お願いするよ、弥太さん」

徳次郎も頭を下げる。

「はい、徳さん、お任せください」

勘兵衛は玄信を見る。

「先生、徳さんの案件をうまくつないでくれて、助かります」

「いいえ」

「あ、それから、神田の版元、千歳屋ですが」

「一筆斎に戯作の注文の」

「はい、井筒屋の旦那に尋ねましたところ、まだ新しい店だそうですが、特に怪しいところはないようです」

「ほう、それは一安心ですな」

「ですが、われらが目立つのは禁物。あまり手を広げないようにとのこと。いつどこで、どんな目が光っているかわからない。版元は怪しくなくても、先生の本が飛ぶように売れて公儀の隠密や町方の隠密廻同心が首を突っ込んでくれば剣呑です」

「承知しました。どうせ飛ぶように売れる本なんて書けませんが、おとなしく、柳原で八卦だけやっておりますよ」

「他になにか、気になることはないかな」

首を振る一同。

「じゃ、今夜はこれでお開きにしよう」

「へへ、そうですね。酒もないし、そいつがいいや」

「酒がなくて、悪かったね。半ちゃん」

「いえいえ、とんでもねえ。けっこうなお茶をごちそうさまでした」

梅雨時は心までじめじめしてやりきれない。勘兵衛は二階の文机の前に座って、ぼんやりしている。

京橋の明石屋と赤坂の山崎屋を探っている徳次郎からも、菊坂町の賭場を調べている弥太郎からも今のところ報告はない。

隠密らしからぬ幇間の銀八についても、動きはないようだ。公儀隠密か町方の隠密廻か、あるいはただの酔いどれか。いずれにせよ、相手の素性がはっきりしないことには、打つ手がない。

昨年の八月に長屋の大家を任され、隠密たちを動かし、次々と江戸の町での悪事や不正を解決してきたが、あくまでも秘密の使命である。そのことは決してだれにも知られてはならない。

秋に大奥御年寄《おおおくおとしより》や寺社奉行に絡んで大胆な悪事を企んでいた商人の悪事を暴き、極刑に追い込み、それらにつながる悪人たちを失脚させたり、追放させたりしたのが最初の指令による世直しであった。

冬には親切な質屋の看板で民を欺き、巨万の富を築いて、幕閣を動かしかねない成り上がりの豪商を罠にかけて、破滅させた。

歳末には民の心身を蝕《むしば》む南蛮の毒煙草を広めて暴利をむさぼる悪徳商人と後ろ盾の幕臣を葬り去った。

今年になって、芝居町の歓楽街で女たちをたぶらかす茶屋の主《あるじ》と、それを利用し、老中職を狙う大名とその奥方に罰を下した。

そして先月、さる国元で大罪を犯しながら、江戸で大商人となった極悪人親子を仇《あだ》討《う》ちを仕組んで成敗した。

いずれも、老中である元主君、松平若狭介の指令によるものであり、勘兵衛ら長屋の一同の働きである。大勢の悪人たちが命を落とした。ある者は獄門となって刑場に首を晒し、ある者は汚名のうちに切腹させられ、ある者は手向かい斬り殺された。勘兵衛は自ら殺生することを好まぬが、役目の上で悪人の手先を斬った。手にかけたのは初めてである。今後また、同じ殺戮が繰り返されるのか。

思えば昨年、主君より死んでくれと言われて、躊躇《ちゆうちよ》なく受け入れた。死を恐れてはいない。だれにでもいつかは死が訪れる。だが、世直しの悪人退治であっても、人を殺すのは後味が悪い。血は血を呼ぶであろう。五十を過ぎたが、天寿を全うしようとは思っていない。

民の安寧と幸福のために、この世から悪を取り除く。それで世間の帳尻が合えば異存ないが、世直しは算用のように簡単ではない。どんなに正しかろうと、われらの決行は知られてはならず、民に称賛されることもない。公儀に発覚すれば、主君はただでは済まず、小栗藩そのものの存続も危ぶまれる。われら隠密は一人残らず、闇に消されよう。それが隠密の定めなのだ。

昨年の秋より巧妙に仕組んだ世直しの数々、もしも、何者かがそれに目をつけているとすれば、そして相手もまたわれら同様に手抜かりがないとすれば、敵の正体を暴くのは容易ではない。向こうが動き出す前に、速やかに反撃せねばなるまい。

それはそれとして、まずは目の前の案件、本郷菊坂町の賭場について、考えてみよう。江戸中にある賭場をすべて潰し、悪い博徒をひとり残らず始末するなど、とてもではないが無理である。隠密仲間の徳次郎の私情が絡んだ一件に手を染めることがはたして差配として正しい判断なのか。とりあえず、目の前で苦しむ者がいれば、手を差し伸べるべきであろう。

「大家さん」

呼ばれて、はっと気がつくと、横で弥太郎が笑っている。

「弥太さんか。おまえさんやお京さんが知らないうちに横にいても、わたしはあまり驚かなくなったよ」

足音もなく、すぐ側に近づいても気配がないのは、それだけ忍びの修行を積んでいるからだろう。いつものことなので、慣れてしまった。

勘兵衛が大家を命じられたのは長屋が完成した昨年八月のことだが、他の面々は春頃から順次隠密に選ばれている。屋敷勤めの武士が長屋の庶民になりきるには、半年の期間、それぞれ修練を経たであろう。だが、弥太郎とお京は江戸家老の子飼いの忍びとして、何年も働いており、生まれついての隠密と称している。詳しいことはなにも語らないし、勘兵衛が知る必要もない。

「なにかわかったんだね」

「はい。菊坂町を探りましたが、あそこには賭場はありません」

「え、賭場がない。そうなのかい」

「たいていはもぐりですが、あの近所、どこもやってないようです」

浮かぬ顔の勘兵衛。

「だけど、徳さんの話では明石屋治兵衛が菊坂町の賭場にのめり込んでいるとのことだが、それじゃ、勝五郎って博徒もいないのか」

「いえ、勝五郎はおります。歳は四十そこそこ、首回りの太いでっぷりした男で、仕舞屋に女房や三、四人の子分と暮らしていて、そう派手でもありません」

「賭場がないってのは」

「博奕打ちがみんな、自分の家で賭場を開いているわけじゃありません。大っぴらでないにしても、自分の家でそんなことをしたら、すぐ御用になります」

「まあ、そうだろう、博奕は表向きご法度だから」

「たまに、居酒屋の奥座敷や湯屋の二階で手慰みをする連中もいないではないですが、そういう素人《しろうと》の遊びは博徒とはかかわりなく、見つかっても叱られる程度のこと。むしろ、玄人《くろうと》の博徒は町で賭場を開かないのが多いですね。町の中の自分の家でこそこそと御開帳しているのは滅多におりません。いるとすれば、土地に睨みのきく顔役で、こういう親分たちは表向き無法を取り締まる側の御用聞き」

「ははあ、無法者が無法を取り締まる。二足の草鞋《わらじ》だな」

「もちろん、御用聞きがみんな博徒ってわけではないですよ。町方の手先には元々ごろつきが多いんで、少々の手慰みは大目に見られるでしょうが、毎日はやりません。目立つと自分に火の粉がふりかかるんで、賭場といってもおとなしいもんです」

弥太郎はまだ若いが、あちこちの賭場に顔が利く。

「なるほど、さすがに詳しいね」

言われて弥太郎は微笑《ほほえ》む。

「博徒が賭場を開くのはどこか。自分の家ではなく、たいていは寺社の境内です。寺や神社には町方が踏み込めませんし、祭礼絡みで派手な御開帳もけっこう多いです。賭博のあがりを寺銭というのは、そこからきてるんですよ」

「寺銭ねえ。坊主や神官が博奕打ちと示し合わせて、境内を貸すとは、罰当たりな話じゃないか」

「とはいえ、寺社の富くじなら、正々堂々とお咎めにはなりませんけど」

「あ、そうだな」

たしかに一攫千金を狙って富くじに手を出し、元も子も無くす者もいる。

「あれも賭け事に違いない。で、弥太さん、明石屋治兵衛がはまっているのは寺なのかい」

「そうじゃないんで」

勘兵衛は首を傾げる。

「博徒の家でもなく、寺社でもないとすると。ははあ、武家屋敷だな」

「よくおわかりですね」

「以前におまえさんから聞いてるよ。武家が博徒に中間《ちゅうげん》部屋を貸すってのは」

「そうでした。まあ、お大名はそこまでしません。発覚したら一大事、何万石に疵《きず》がつきます。中間部屋を博徒に貸すのはたいていは無役の小っ旗本、中には旗本の殿様が胴元になっていたりもします。寺や神社と同じで武家屋敷にも町方は踏み込めませんからね」

「町奉行所も嘗められたもんだな。で、勝五郎がどこで賭場を開いているか、わかったんだね」

「はい。菊坂町には賭場はないのに、明石屋治兵衛が勝五郎の賭場で大きく負けたというのがほんとうなら、どこか近所で開かれておりましょう。こう見えて、あたし、博奕打ちに知ったのが何人かおります。ちょいと心当たりを当たってみました」

博徒の親分たちには縄張りがあり、横のつながりもある。

「伊達《だて》に博奕は打ってはいないね、弥太さん」

「へい、好きじゃないなんて言いましたが、やっぱり少しは好きかな。特に骰子《さいころ》の目を読むのは頭を使いますから。算用の得意な大家さんに向いてるかもしれません」

「わたしを引きずりこんじゃだめだよ」

勘兵衛が困ったように眉を曇らせた。

「冗談ですよ。まあ、あちこちの賭場に顔を出し、世の中の博奕好きの気持ちはわかるつもりですし、昔から賭け事がなくならないのは、色事や酒がなくならないのと同じだと思います」

「酒も色事も博奕も少しぐらいなら、わたしも反対はしない。身を滅ぼすまでやるのがよくないんだ。で、勝五郎に中間部屋を貸しているのは旗本なんだね」

「はい、菊坂町からはそう遠くありません。本郷の大通りを加賀様の手前、西に入ったところ、そこに代々屋敷を構える直参《じきさん》でした。当主は池上長七郎《いけがみちょうしちろう》。周囲には小身《しょうしん》の屋敷が多く、池上家はちょいと大きめです。聞いたところでは今は無役で小普請組、石高は四百石。菊坂町の勝五郎が取り入って屋敷内で博奕の会を開く。よくある話。賭場に集まる客は、いずれも上品な大店の主人らしいです。一見では易々と入り込めません」

「大店の明石屋治兵衛も選ばれた客のひとりというわけか」

「客筋がいいので、勝五郎は羽振りがいい。池上長七郎は無役のくせに贅沢をしているようです」

「博奕で儲けて、いい気な殿様だな」

「ところで、この殿様、あまり評判がよくないんです」

「町の評判がかい」

「というより、あちこちの賭場で噂を集めましたら、池上長七郎を嫌っている博徒がけっこうおりました」

「どういうわけで」

「以前、お役に就いていたとき、その筋の博徒やならず者たちを相当に厳しく虐めたらしいんで」

「ほう、博徒やならず者は世間の嫌われ者じゃないか。それを虐めるというと」

「町で悪事が持ち上がると、池上が博徒や遊び人を片っ端からしょっ引き、中には悪事とかかわりないのに責め殺されるのもいて、蛇蝎《だかつ》のごとく嫌われ、それでお役御免になったそうで」

「悪事とかかわりない遊び人を責め殺す。いくら旗本でも、そんな無法は通らないだろう」

「そこは無理に通したんでしょうね。だから、今は小普請組。無役で博奕の胴元、上客をつかんでいるので金回りは悪くない。博奕打ちの上前《うわまえ》をはねているというもっぱらの噂です」

「それにしても、博徒や遊び人を引っ捕らえて責める。旗本にそんな職分があるのかい」

「ありますとも。池上の殿様、御先手《おさきて》の組頭だったそうで」

「へえ」

「御先手組は今は二十組から三十組ほど。そこから一年交代で、組頭ひとりに加役がつきます」

「加役というと」

「ご存じありませんか。火付盗賊改方《ひつけとうぞくあらためかた》。池上長七郎は前に一度、加役を仰せつけられ、手ひどいやり口が非難されて、御先手の組頭を辞めさせられたんです」

勘兵衛、ぽかんと口を開けたまま。

「それは厄介だな。徳さんの知り合いだった元奥女中の亭主、博奕で負けて、博徒の親分に絞られているそうだが、火付盗賊改方でならした旗本が賭場の胴元なら、借金を返さなければ、どうなる」

「博奕の負けはすぐに払うのが決まりです。払えなければ、簀巻《すま》きにされて、川に投げ込まれて、お陀仏ですよ」

「とすると、借金の形《かた》に店と土地を取り上げられた挙句、責め殺されても文句は言えないね」

「きれいに返さなければ、そうなります。あたし、ついでに京橋の明石屋と赤坂の山崎屋も覗いてきました」

「そうなのか」

勘兵衛は感心する。

「どちらも老舗の大店で店も立派、土地も自前、商売が順調なら、蓄えもあるはずです。それなのに明石屋が博奕の負けを催促されるということは、かなり厳しいんじゃないでしょうか。しかも、明石屋のおかみさん、徳さんが惚れただけあって、すらりと上背があり、すこぶるつきの別嬪です」

「ほう」

「女衒《ぜげん》なら高い値をつけるでしょう。借金の形に吉原にでも売られたりしちゃ、目も当てられませんや」

「わかった。自業自得とはいえ、明石屋の他にも苦しんでいる者がいるだろうな。もう少し、掘り下げてみようじゃないか。旗本相手の世直しになりそうだ」

四

朝からしとしと降っている。勘兵衛は長屋の見廻りを簡単に済ませ、朝飯の後は店の帳場に座って考え込む。こんな日に客はひとりも来ないだろう。いや、たとえ天気がよくても、田所町の近所で絵草紙を買う客はそんなにいない。

今朝も徳次郎は浮かない顔だった。昔に恋仲だった腰元が商家の女房になり、その亭主が博奕にうつつを抜かし、借金を作って、女房の実家にも金の無心をしているそうだ。その博奕打ちに屋敷を貸して胴元になっている旗本、これが今は無役だが、以前に火付盗賊改方の頭《かしら》を勤めていたという。

町の治安を守るのは南北の町奉行所の役目だが、それ以外にもそんな役目があることは、よく知らなかった。

弥太郎の話によると、公儀の御先手組が二、三十組あり、そのうちの一組が一年間、加役を受け持つ。先手とは弓や鉄砲を武器に真っ先に敵に攻める兵力であろう。こんな天下泰平の世の中では閑なので、たまに盗賊や火付けが横行すれば、治安に駆り出される。それが火付盗賊改方なのだそうだ。

それがお役御免になり、博徒に屋敷を貸して賭場を開いている。そこそこに羽振りがいいのは、博徒の上前をはねているからで、裏社会ではあまりいい顔はされない。元火付盗賊改方の頭が相手では、博徒もいいなりになるしかないのだろう。悪事の疑いあれば、配下に捕縛させ、拷問の末、無実であろうとなかろうと、責め殺したという。平気で人を責め殺しても罪にはならず、ただのお役御免で家は安泰。

こんな旗本に睨まれたら最後、明石屋は店も土地も取り上げられて文句はいえないだろう。困ったもんだ。

「旦那様、お昼でございます」

ない。

「お、すまないね」

久助が用意してくれた昼飯をさっと食べる。最近は年齢のせいか、食欲が以前ほど
「ごちそうさま。ありがとうよ」

「いいえ、旦那様。今日は番屋の当番の日でしたね。雨ですが、どうされます」

町役を仰せつかっているので、交代で自身番に顔を出すことになっているが、定番《じょうばん》の甚助《じんすけ》が万事心得て、朝から晩までひとりで全部やっている。なにか厄介事が起きれば、知らせにくるだろう。

「うーん。雨に出かけるのは気が進まないが、ここでじっとしていても、なにも思案が浮かばないしね」

「菊坂町の博奕打ちの一件ですね」

「うん。飲む、打つ、買うはよくないな。おまえ、やったことあるかい」

言われて首筋を撫でる久助。

「ありません。お酒は全然飲めませんし、女郎買いにも行ったことがなく、博奕なんて、誘われたこともないし、したいとも思いません。面白みのない男でございます」

「いや、野暮《やぼ》はわたしのほうが上だよ。飲む、打つ、買うが男の道楽なんていうが、

面白みのない男でなにが悪い。わたしはそう思っている」

「で、いらっしゃいますか。番屋には」

「そうだな。まあ、それがよかろう」


番傘をさして表へ出ると、さすがに人はあまり歩いていない。こんな雨の日に用もないのに出歩くのは、よほどの物好きだろう。人形町通りの四辻にある田所町の自身番は亀屋からそう遠くない。定番の甚助が目を丸くして白髪頭を下げる。

「おや、これは亀屋の旦那、雨ですのに、ご苦労様です」

「こんにちは。おまえさんも雨の中、ご苦労だね」

「いいえ、ずっと屋根の下で雨露はしのいでおりますので、どうってことありません。亀屋さん、当番といっても、雨の日は律儀にいらっしゃらなくても」

「うん、雨でどうせ店も閑だし、こんなこと言っちゃ申し訳ないが、退屈しのぎさ」

「さようでございますか。あたしのような爺いでよろしければ、話し相手ぐらいにはなりましょう」

甚助のいれてくれた茶を飲んで、ほっと一息。

「ところで、なにか変わったことはないかい」

「降っても晴れても、相変わらずでございます」

「それはよかった」

なにか厄介事があれば、名主に伝えたり、町奉行所に届けなければならない。昨年の秋に町役になってから、幸いにして、一度もそんなことはなかった。ふと思いついて、尋ねてみる。

「甚助さん、定番になって、もう長いんだったね」

「まだ十年にはなりませんが、還暦前だったたから、九年にはなりましょう」

「じゃ、もうすぐ古稀《こき》だね。めでたいじゃないか」

「へへ、あと二、三年はありますが、それまで命が続きますかどうか」

「おまえさん、元気だよ」

「ありがとうございます」

「この番屋の仕事は、町奉行所にかかわることが多いだろう。町の人からの届けを受けたり、お上からの通知を伝えたり」

「ま、たいしたことはしておりませんが」

「わたしだって町役として、たいしたことはしていないが、おまえさんもわたしも町奉行所にお仕えしているようなものだ」

「そんな。ただの下働きの雇われ人でございます」

「だけど、町内で物騒なこと、盗みや人殺しなんかがあれば、持ち込まれて、お奉行所に知らせたり、いろいろとあるだろう」

「もう、何年も番人をやらせていただいておりますが、そんな物騒なこと、この町内でまだ一度もありませんよ。せいぜい、迷子や病人や酔っ払いを預かったりはしますが」

「ふだん、なにもなくても町方の旦那の見廻りはあるじゃないか」

「毎日じゃありません。ここらは南の井上《いのうえ》様が受け持っておられますので」

「わたしは出羽の田舎育ちだから、江戸の町のこと、よく知らなくて恥ずかしく思うことがたくさんあってね」

「いえ、亀屋さんは立派な江戸っ子ですよ」

「おだてちゃいけない。去年の秋にぽっと出てきて、それまでは江戸の町のことなんて、なんにも知らなかったんだ。それがいきなり絵草紙屋を任されて、しかもそのすぐ脇にある長屋の大家だろ。まだまだ慣れなくて、とまどうことしきりだよ」

「そうですかねえ」

「まず、江戸の言葉がよくわからず、うまく話せなかった」

「はあ、そういえば、そうでしたっけ」

江戸生まれではあるが、小石川の大名屋敷と拝領屋敷の間を行き来するだけ、たまに湯島の剣術道場に通ったぐらいで、五十の歳になるまで町の暮らしはまったく知らなかった。武家言葉しかしゃべったことがなく、軽々しい町人の言葉がぺらぺらと話せず、出羽の田舎者でございと偽っていた。実質、ぽっと出の田舎者と同じであり、なんとか自由にしゃべれるまで、けっこう苦労したのだ。

「亀屋さん、今は、どこから見ても立派な江戸の町役におなりですよ」

「はは、ありがとうよ。でも、わからないことはたくさんあるよ。たとえば、火付盗賊改方だけど」

「ああ、火盗改《かとうあらため》ですね」

「火付けや盗賊を取り締まるお役目なんだね」

「さようです」

「ということは、町奉行所と同じだね。火付盗賊改方の役人が、番屋を見廻ることもあるのかい」

「それはありません」

「ふうん。でも、盗っ人を引っ捕らえたら、伝馬町《てんまちょう》の牢に入れたりするんだろ」

「いえ、町方とは違いますので、火盗改には御番所もありません。火盗のお役人は自分の屋敷に牢も作って盗っ人を連れていき、そこで勝手に裁いて成敗までしますから」

「え、成敗って、吟味もせずにかい」

「なにしろ、凶悪な盗賊が相手です。立ち向かってくれば斬り倒します。火盗改は気性の荒い牛込《うしごめ》の御先手組、八丁堀《はっちょうぼり》の旦那方とは違っております」

「番屋も廻らず、御番所もなく、それで盗賊を斬り殺すのが火付盗賊改方なのか。今でもあるのかい。あんまり聞かないけど」

「今は世の中、平穏ですからねえ。四年前だったか、江戸を荒らしまわる盗賊一味が火盗改の手にかかって、皆殺しになりましたよ。都鳥《みやこどり》の孫右衛門《まごえもん》という頭目ともども。それはもう大変な評判になり、瓦版になり、絵草紙にもなりました。亀屋さんで扱っていませんか」

「絵草紙になってるのかい」

「四年前だから、もうみんな忘れてるかな。当時は火盗改の頭をされていた池上様、町の衆から褒め称えられましたがねえ」

「えっ」

驚く勘兵衛。

「その火付盗賊改方の頭が池上」

「池上長七郎様です」

「で、そのお方は今も火付盗賊改方なのか」

「いえ、あのお役目は一年毎に交代とうかがっております。池上様はその後、町の人たちに惜しまれながら、お役御免になられたそうで」

「しかし、大手柄で褒められながら、お役御免というのは」

「詳しいことは知りませんが、町方のお奉行とぶつかったんじゃないでしょうか。火盗改が町奉行所を差し置いて出しゃばるなと。その後は大がかりな盗賊も火付けもありませんので、火盗改はおとなしいもんです。まあ、縄張りやなんか、いろいろあるんでしょう」

そのとき、戸口で「番、番」と大声。

「あ、噂をすればなんとやら、旦那のお見廻りのようですよ」

甚助が外に向かって返事をする。

「へーい」

御用箱を背負った上から雨合羽《あまがっぱ》を被《かぶ》った小者の太吉《たきち》が、ものものしい声をあげる。

「番人、旦那のお見廻りであるぞ」

太吉の後ろに黒い長羽織の南町奉行所同心井上平蔵《へいぞう》が濡れた傘をすぼめる。

勘兵衛は甚助とともに入口に手をつき、恭《うやうや》しく頭を下げる。

「井上様、雨の中、お役目、ありがたく存じます」

「おう、亀屋、おまえも雨の日にご苦労だな。変わりはないか」

「ございません」

「そうか。それはよかった」

「旦那、熱い茶など、どうぞ」

「うん、急に強い降りになった。一日降るだろうが、一服するとしよう」

上がり框《かまち》の座布団に腰掛ける平蔵。甚助が煙草盆を差し出し、茶を用意する。平蔵はおもむろに煙管《きせる》を取り出して、煙草を詰め、火をつける。

「ふうっ」

「なかなか梅雨は明けませんですな」

「まあ、毎年の決まりのようなものだ。今月いっぱい降るだろうよ」

「雨の日も風の日も、江戸の町を廻ってくださる町方のお役人様のおかげで、平安は守られていると、わたくし拝察いたしております」

「ま、お役目だからな」

「つかぬことをうかがいますが、町方の旦那方が盗っ人を捕縛なされば、大番屋から牢屋敷に移し、お白洲で裁きを下されるとうかがっておりますが」

「うん。たいてい、そうだが」

「わたくし、昨年まで羽州《うしゅう》の田舎者でございまして、江戸のことには、とんと疎《うと》うございます。そこで、ひとつ井上様にお教え願いたいことがございます」

「なんだ」

「実はわたくしの知り合いが博奕で借金をこしらえまして、胴元から催促されているのですが、その博徒に屋敷を貸しているお旗本の殿様、このお方が元は火付盗賊改方のお頭をなさっていたとのことで、それは厳しい取り立て。火付盗賊改方は町奉行所と同じように悪人を捕縛するお役目らしゅうございます。そのようなお方が博徒と示し合わせてご法度の賭場を開かれるなどと、ありえる話なのでございましょうか」

苦《にが》い顔をする井上平蔵。

「おまえ、そんな話に首を突っ込むんじゃないぞ」

「はあ」

「博奕はたしかにご法度だ。発覚すれば、俺たち町方が手入れして、胴元を引っ捕らえる。だが、寺社地や武家地は町方の支配違い、悔しいが踏み込めない」

「それが御定法《ごじょうほう》でございますか」

「町方の同心が法を破るわけにはいかないのさ」

「火付盗賊改方のお役人は盗賊を取り押さえるとのこと、町奉行所と同じでございますね」

平蔵は大きく首を横に振る。

「全然違うね。同じ直参だがな。俺たち町方は年がら年中、町を見廻って、なにかあれば、町人を助けるのが仕事だ。だが、火盗改なんて、いかめしい名前をつけてはいるが、なんの役にも立たないね」

「そうなんですか」

「御先手組からひと組だけ選ばれて、一年の間、火付盗賊改方を加役として拝命するんだが、一度も火盗改にならないで他に役替えになる御先手組頭もいるわけだ」

「御先手組というのは、どのような」

「なんだ、亀屋」

平蔵が眉をひそめる。

「おまえ、そんなことも知らないのか。それでよく、町役が務まるもんだな」

「はあ、申し訳ないです。なにしろ」

「わかってるよ。江戸のことはなんにも知らない田舎者でございだろ」

「はい」

煙草盆にぽんと煙管を叩きつけ、再び煙草を詰めて火をつけ、吸い付ける平蔵。

「ふうっ。じゃ、俺が教えてやる。御先手組や火盗改が俺たち町方とどう違うかぐらいのことは、おまえ、しっかり覚えておくがいいや」

「はい、お願いいたします」

勘兵衛は居住まいをただして頭を下げる。

「御先手組というのは戦《いくさ》のときに、真っ先に敵に攻め込む番方で、弓組と筒組を合わせて、まあ二十組から三十組くらいあって、ひとつの組に組頭がひとり、配下に与力と同心が合わせて四、五十人てとこかな。少なく見積もって、二十組に配下四十人として」

「八百名ですか」

「ほう、できるじゃないか。三十組に五十人なら」

「千五百名」

「うん。まあ、天下泰平、戦がないから御先手なんて、そんなに人数はいらないや。たいした仕事もないが、親代々、先手の跡取りに生まれれば先手になる。各組の組頭は旗本で、配下の与力と同心は町方と同じ御家人の身分だ。で、その中から火付盗賊改方がひと組だけ選ばれる。一年毎に順番が回ってくるとすれば、三十組なら三十年に一度だぜ。生きてるうちにほとんど火盗改が回ってこない組頭だってあるだろうよ」

「はあ。ですが、火付けや盗賊から江戸の町を守るのが火付盗賊改方のお役目なのでしょう」

「そんなこと、町方の俺たちがちゃんとやってるよ。おまえ、去年の秋に江戸に出てきてから、火付けや盗賊があったか」

「さあ、火事はあったかなあ」

「火事と喧嘩は江戸の華っていうから、火事ぐらいはたまにあるけど、たいていは火の不始末で起きるんだ。火付けするやつなんていないよ」

「いないんですか」

「滅多にな。火付けで捕まったらどうなると思う」

「死罪、獄門でしょうか」

「ほんとにおまえ、ものを知らないね。町役なら覚えときな。火付けは火あぶりだ」

「火あぶり」

「鈴ケ森《すずがもり》の刑場に鉄の柱が立ってる。そこへ生きたまま縛りつけられて、足元で薪を燃やすんだ。それを野次馬が見物する。生きたまま焼かれるなんて、この世の地獄だぜ。だから、恐ろしくて付け火するやつなんていないよ。火盗改の受け持ちは火付けと盗賊だけ。火付けがなければ、あとは盗賊だが」

「盗賊はいるんでしょう。わたしが江戸へ出てきてからでも、小塚原《こづかっぱら》で獄門になる罪人が何度かありました」

「獄門になったからといって、盗賊とは限らない」

「違うんですか」

「徒党を組んで武器を携《たずさ》え、大店に押し込み、ごっそり盗むのが盗賊だ。最近、獄門になってるやつら、死罪のこそ泥よりは罪は重いが、民を騙《だま》して大金を得た者、その金で役人とつるんで不正を企む者、そういう汚いやつらは盗賊じゃなくても獄門になる。そんな悪党相手に火盗改の出番はない」

「つまり、火付盗賊改方という加役は、御先手組の中でも滅多に回ってこないお役目で、回ってきたところで、盗賊が出なければ閑なわけですね」

「おお、亀屋。おまえ、よくわかってきたじゃないか」

「ありがとうございます」

「戦のない平安な世の中に、御先手なんて、あってもなくても、どうでもいいや。それが偉そうに加役で火盗改だなんて、ちゃんちゃらおかしいのさ。一年毎の交代で専任じゃないから、捕物の初歩も知らなくて、たまに盗賊が出たら、無理に荒っぽい真似しやがるんで、町方にとっちゃ迷惑な話だ」

「話に聞いただけですが、何年か前に江戸で盗賊の大捕物があり、なんでも都鳥一味とか。やはり火盗改でなく、町奉行所の旦那方で捕縛されたんですか」

平蔵はいやな顔をする。

「四年前だよ。おまえ、その頃は田舎にいたんだろ。よくそんなことまで知ってるな」

「うちで扱っております絵草紙に白波ものがありまして、実説は戯作にはできませんが、話に聞いたことがございます」

「下手《へた》に戯作なんかにしたら、お縄になるぜ。都鳥の孫右衛門てのは、街道筋を荒しまわってた盗賊だ。手下が十数人。四年前、その一味がいきなり江戸に現れたんだ。大店に押し入り、ごっそりと盗みやがった。俺たち町方が押っ取り刀で明け方に駆けつけたときには、目を覆うばかりの惨状で、死体の山。主人も家族も奉公人もひとり残らず皆殺しだった。何度も修羅場をくぐり抜けてきた俺だが、あまりの凄まじさに仰天したよ」

「そんなにひどかったんですか」

「幼い子供の首が斬り落とされてた。それを手に抱えるように持たされて主人が死んでた。盗賊ども、親の目の前で面白半分に子供を殺しやがったのさ。女の死骸は女房も女中もみんな着物を剝ぎ取られて丸裸。殺す前に弄《もてあそ》んだに違いないや」

あんぐりと口を開けたままの勘兵衛。

「そんな恐ろしいことが江戸であったんですか」

「ひとり残らず死んでるから、なんの手掛かりも残っていない。盗賊が大店を襲うときは、引き込みといって、前もって奉公人を手先に使うことが多い。生き残って姿を消した者がいないか、町方ではそのあたりを探索していた。そんなとき、谷中の貧乏寺に火盗改が踏み込んだ。都鳥一味が潜伏してやがったのさ。一味の人数は十数人。武装した火盗改は四十数名、寝込みを襲われた盗賊ども十人以上は斬り殺され、残りは捕らえられて組頭の役宅に連れ込まれ、口書きを取られて首をはねられ、組頭から若年寄様に報告されて、一件落着。まるで忠臣蔵《ちゆうしんぐら》の討ち入りだろ。江戸中の大評判になったから、それで瓦版になり、絵草紙にもなって、おまえが知ってるわけだな」

「じゃあ、その捕物は火付盗賊改方の手柄というわけですね」

歯ぎしりする平蔵。

「俺たち町方は寺社地には踏み込めないが、火盗改は許されている。おかげで、坊主まで火盗に斬られたそうだ。寺で殺生するなんて、罰当たりだよな」

「はあ、その坊さんも盗賊一味の仲間だったんですか」

「さあな。孫右衛門と顔見知りで、庫裏《くり》を貸しただけかもしれないが、死人に口なし。申し開きもできないまま火盗改に斬られるなんざ、とんだ災難だな」

「で、一味が寺に隠れていること、火盗改によくわかりましたね」

「そこが連中の手荒いところさ。都鳥一味とつながりのありそうな博徒や遊び人を片っ端から役宅に引きずり込んで、口を割るまで責め立てたんだとよ。普段は仕事のない先手組、火盗改の加役がついて、盗賊が江戸を荒らしたとなったら、がぜん張り切りやがって、凄まじくむごたらしい責めで、ほとんど命を落としたそうだが、博徒や遊び人は町の嫌われ者だから、苦情は出ない。が、寺で坊主まで殺したからか、罰は当たったよ」

「それはまた」

「役宅に連れ込まれ責め殺された中に、ちょいと厄介なのがいたんだ」

「へえ」

「賭場で骰子振っていた素性の怪しい遊び人、石を抱かされたり、指を折られたり、逆さに吊り下げられて鞭打たれたり、その他、口にできないようなむごい目に遭わされ、命を落としたそうだが、これがただの遊び人じゃなかった。信じられないような話だが」

平蔵はじっと勘兵衛の顔を見る。

「これが、さるお旗本の若様だったんだ」

「ええっ」

「おっと、これはここだけの話にしてくれよ。跡取りじゃなくて、次男坊。いわゆる冷や飯食いの厄介者さ」

それが盗賊にとっても厄介者だったのだな。

「この若様がぐれて、博奕打ちの中に紛れていた。運悪く火盗改に捕まったが、御家の恥というんで身元を明かさなかった。それで責め殺されてお陀仏。その御父上は名前は出せないが大身《たいしん》のお旗本。ぐれて家を飛び出したとはいえ、次男坊が無残な最期。さぞや悔しかったんだろう。北のお奉行柳田《やなぎだ》河内守《かわちのかみ》様に内々に訴えられた」

「えっ」

驚く勘兵衛。

「柳田河内守様といえば、昨年に亡くなられたお奉行様でございますね」

「そうだよ。その河内守様から若年寄様に意見が出され、火盗改の頭は手柄で有頂天になっているところ、加役はお役御免、御先手の組頭も罷免。無役になって、逼塞している」

「そのお方が」

「池上長七郎様さ。お手柄で名も売ってるお人だから、隠さなくたっていいだろう。話の種に覚えておきな」

「あの」

「なんだ。言いにくそうだな」

「実はさきほど申しました博奕で借金をこしらえました知り合い。その博徒に屋敷を貸しているお旗本の殿様、元は火付盗賊改方のお頭をなさっていたとのことですが」

「うん」

「それが池上長七郎様でございます」

　にやりと笑う平蔵。

「ふふ、あり得ない話じゃないな。その知り合いは気の毒だが、おまえ、決して首を突っ込むんじゃないぜ」

第三章　火盗改

一

　今日は久しぶりの五月晴れだったので、勘兵衛は湯に行く。七つを過ぎたばかりで外はまだ明るいが、湯屋はけっこう混み合っていた。雨の日は出不精になって、そう遠くないのに、湯に入るのが億劫《おっくう》なのだ。蒸し暑いと汗が出るから、どうしてもさっぱりしたいところだが、せっかくきれいになった体が雨で濡れるのは面白くない。そう思うのが世間一般の人情らしく、雨の日はがらがらに空いていて、晴れると昼間から大入り満員である。芋の子を洗うようだとはよく言ったものだ。

「やあ、これはお珍しい。しばらくですなあ、亀屋さん」

　石榴口《ざくろぐち》の向こうから四角い顔がこちらを見て笑っている。同じ町内の下駄屋の杢兵《もくべ》衛《え》だ。

「おお、李兵衛さん。お久しぶりです」

　稼業が下駄屋で屋号も下駄屋。おまけに四角い顔がそのまま看板になっている。やはり近所の長屋の大家をしており、町役として自身番で顔を合わせることもあるが、律儀な勘兵衛と違って、かなり大雑把であり、当番を休むことも多いので、会うのは久々だった。

「勘兵衛さん、ご近所なのに、なかなかお会いできませんね」

「ほんとですね」

「どうです。あとで」

　李兵衛は手ぶりで盃を口元に持っていく真似をする。たまにはいいか。

「では、一献、お付き合いしましょう」

「うれしいですねえ」

　湯屋から出ると、外はまだ明るい。絵草紙屋の暖簾《のれん》をおろすのが毎日七つ。久助が夕飯を用意してくれるのが暮れ六つ過ぎ。それまでに間があるので、勘兵衛は李兵衛に誘われるまま、大門通りの居酒屋、何度かいっしょに飲んだことのある藤屋《ふじや》に立ち寄った。

「いらっしゃーい。あら、下駄屋さんに亀屋の旦那」

店のおかみ、おきんは大年増、器量はさほどよくないが、愛想はいい。

「おきんさん、久しぶりに晴れたねえ」

「ほんとよ。雨の日は景気が悪くていけないわ」

「だろうなあ。今、湯の帰りだよ。亀屋さんにばったり会って、一杯やろうって話になって、それでおまえさんのところに寄ったんだ」

「うれしい。冷やにしますか。熱いのにしますか」

「冷やでいい。勘兵衛さんはどうです」

「わたしも冷やでいただきましょう」

「じゃ、今、支度しますので、そちらのほうにどうぞ」

「おきんさん、肴《さかな》は適当にみつくろっておくれ」

「はあい、かしこまりました」

夕暮れ前なので、他に客はいない。ふたりは座敷の隅に腰をおろす。

「お待ちどおさま」

すぐに徳利と小鉢の載った膳がそれぞれの前に置かれる。肴はいわしの梅煮、こいつは酒に合いそうだ。

「さ、勘兵衛さん、ひとついきましょう」

「これはどうも」

盃で受ける。

「さ、わたしからもおひとつ」

勘兵衛とほぼ同い年の杢兵衛は、初対面のときから気さくで親切だった。

「へへ、ありがとうございます。こうして勘兵衛さんと飲めるのはうれしいですねえ。梅雨の間は下駄なんて売れず、かみさんとふたりでくすぶっていると、むしゃくしゃしてしまいます」

下駄屋は小さな店で奉公人がおらず、女房は仏頂面、飲みたくなる気持ちもわからないではない。

「亀屋さんはいかがです。うちは雨で商売あがったりですが、おたくは絵草紙だから、雨だと売れてるんじゃありませんか」

「とんでもない。さっぱりですよ」

「ほう、雨が続くと、家に閉じ籠る人が多いから、絵草紙や読本《よみほん》が読みたくなるかと思ったんですがね。絵草紙を読む人、あんまりいないのかなあ」

「お天気にかかわらず、売れませんねえ。横町の絵草紙屋なんて」

「ふうん、そんなもんですか。それはそうと、番屋の当番、いつもお任せして。あたしも顔を出さなきゃならないのに、つい用ができて、定番の甚助さんにはその都度、断りを入れてるんですけど」

杢兵衛は申し訳なさそうに首筋を撫でる。

「いえ、お互い様ですよ。わたしだって、そう度々出ているわけじゃありません。絵草紙屋の他に大家の用もけっこうあります」

うなずき、膝を叩く杢兵衛。

「そうですとも。ほんとにねえ。稼業の他に大家なんて、これがなかなか面倒です。下駄屋にしたって、自分で板を削って作るわけじゃない。仕入れた下駄を右から左に売ってるだけなら、どうってことないんです。ところが鼻緒が切れたの、歯が取れたの、いろんな客が舞い込みますんでね。鼻緒ぐらい自分で直せ、と思うこともありますが、いくらか銭になります。歯が折れたんなら、新しいの買ったらどうだ、とも思いますが、壊れた下駄を焚きつけにするのももったいない。喜んですげ替えてさしあげます。職人じゃなくても、それぐらいはできますよ。おまけに長屋の世話。ご多分に漏れず貧乏長屋、店賃の取り立てにも難儀します。独り暮らしの婆さんには強く催促できませんし」

下駄屋の杢兵衛、相変わらず、ひとりでぺらぺらしゃべっている。

「独り暮らしの年寄りがいるんですか」

杢兵衛はうなずく。

「糊《のり》屋の婆さん、ひとりで頑張ってたんですが、寄る年波に勝てないってんで、今年の春に葛西《かさい》にいるせがれが引き取りましたよ。あたしはほっとしてます。ぽっくりいかれたら、弔《とむら》いを出すのも大家の仕事ですから」

「じゃ、今は空き店なんですか」

「ええ、空いたままで、まだ次が決まらないんです。貸家札は出してるのに。まあ、一軒ぐらい空いていようと、あたしの懐《ふところ》はびくともしませんがね」


夕飯のあと、二階でぼんやりしていると、横から声がかかった。

「大家さん」

お京が座っている。ということは、なにか新しい動きがあったんだな。

「銀八が動き出しましたよ」

お京が言う。

「ほう、やっと動いたか」

「あたし、毎日、見張っていました」

「ご苦労だね」

「それが忍びの仕事ですから。銀八、判で押したような暮らしぶりでした。今戸の長屋で昼頃までずっと寝てまして、起きると雨でも晴れでも観音様まで歩いてお参りします」

「意外と信心深いんだな」

「仕事もせず、そのまま花川戸《はなかわど》の居酒屋で昼から飲んで、夕暮れに長屋に戻ります。天気がよければ、日によっては近くの湯屋にぶらっと寄りますし、たいていは湯にも行かず、帰ってそのまま長屋で過ごしているようです。ときどき一升徳利をさげていますから、ねぐらでも飲むんでしょうね」

「よほど酒が好きなんだな」

「はい。ですが、居酒屋ではいつもひとりで飲んでいますし、あたしの見る限り、今までだれも長屋を訪ねた者はおりません。翌日の昼近くまで寝て、起きると、また同じ繰り返し」

「なるほど、その繰り返しが、今日は違ったんだね」

「はい、だからお知らせに。昼に起きて、観音様にお参りして、花川戸の居酒屋で酒を飲むところまでは、いつもと変わりません。ところが今日は、居酒屋を早めに出まして、今戸のほうに帰らず、浅草の御蔵《おくら》前からずっと南に向かい、両国に出まして、そこから日本橋田所町まで」

「えっ」

　驚く勘兵衛。

「このあたりまで来たのかい」

「はい、この絵草紙屋の前を行ったり来たり、脇の長屋もちらちら見ておりました」

「そいつは気がつかなかったな」

「しばらくして、長屋から熊さんが出てきて、風呂敷に包んだ箸を持ってました。取引先の荒物屋に行くのでしょう。すると、銀八はそっと熊さんの跡をつけ始めます。熊さんは銀八には気づかない様子で、堀江町《ほりえちょう》の佐野屋《さのや》に箸を届けて、向かいの蕎麦屋に入りました。熊さんは蕎麦が好きなんですね。あっという間に八枚、ぺろりとたいらげましたよ」

「八枚か。あれだけ体が大きいと、腹の減り方も尋常じゃないんだろう」

「銀八はどうするかと見ておりますと、これが動かずにじっとしております」

「通行人に怪しまれないのかい」

「町の人は知らん顔。で、蕎麦を食べ終えて、熊さんがここまで戻ってきたんですが、銀八、付かず離れず、それを見届けています。大家さん、七つ過ぎにお湯に行ったでしょ」

「うん」

「それも銀八がつけていました」

「そうなのか」

勘兵衛は首をひねる。

「お湯から出てきた大家さんと下駄屋さんが藤屋に入ったのも、遠くから見ておりまして、大家さんがここに戻ってくるのを見届け、今度は浅草のほうへ歩きだし、今戸の長屋に戻りましたが、途中、だれにも会っておりません」

顔をしかめる勘兵衛。

「つまり、銀八はこの亀屋と長屋を探っているんだな。そして、熊さんやわたしの跡をつけたわけだ」

「そうだと思います」

「実は、下駄屋の杢兵衛さんに聞いたんだが、今年の春からあそこの長屋に空き店があり、貸家札も出しているそうだ」

「杢兵衛長屋に貸家札ですか」

「うん。だが、まだ借り手は見つからないんだと。ということは、銀八がここに来たとき、すぐ近くに空き店があった。ところが、銀八はそっちには目もくれず、勘兵衛長屋だけにご執心だった。こいつは引っ掛かるだろう。どういうわけで、ここを探っているのか」

「とすれば、いずれだれかと繋ぎをつけるでしょう。もうすでに観音様か花川戸の居酒屋で伝言でも受け取ったか。明日は早めに見張ります」

「頼んだよ」

「でも、大家さん」

お京が心配そうに言う。

「湯屋や藤屋に行かれたとき、銀八がつけていたのに気がつきませんでしたか」

「うん、気配は感じなかったな」

「さっき、熊さんに聞きましたが、やはり気づかなかったとのこと。銀八、ただの幇間じゃありませんね。大家さんが最初におっしゃったようにどこかの隠密でしょうか」

「なるほどな。そうすると、今に尻尾《しっぽ》を出すだろう」

「おお、これは勘兵衛さん、どうぞ、こちらへ」

久々に通旅籠町の井筒屋を訪ねた勘兵衛は、主人の作左衛門に奥座敷に迎え入れられた。

「なかなかうかがえず、申し訳ないことでございます」

頭を下げる勘兵衛。

「いいえ、お気遣いなく。して、なにかわかりましたか。長屋のみなさんの素性が外に漏れては一大事ですから」

「はい、とりあえず、玄信先生には千歳屋には顔を出さず、戯作の注文にも応じないように伝えました」

「あの先生の瓦版、さすがにお上手ですからね。そこがかえって人目を引いて危のうございます」

「瓦版屋の紅屋には、噂を集めるためにそれとなく顔は出すが、駄文を書くのは控えるとのこと、本人が申しておりました」

「駄文どころか、玄人裸足《はだし》です。お役目でなければ、わたしが戯作を書いてほしいぐらいだ。が、まあ、おとなしくしているのがよろしゅうございます」

「はい、目立たぬように」

「で、他になにか新しい動きがあったんですね」

作左衛門が勘兵衛の顔を覗き込むように見る。

「例の幇間ですかな」

「はい。お京が昨日、銀八の新しい動きについて、知らせてきました」

「ということは、やはり、ただものじゃないようですね」

「まず、いつも通り今戸の長屋を出て、浅草寺に参拝し、花川戸の居酒屋で飲むところまでは同じなんです。そこから御蔵前を通って、田所町まで来まして、うちの長屋を探っていた様子。熊吉が箸を堀江町の佐野屋に届けるのをつけたり、わたしが湯屋へ行ったり居酒屋で飲んでいるのもつけられておりました」

「ほう、勘兵衛さんもつけられましたか」

目を落とす勘兵衛。

「不覚にも、気がつかず」

「ほう、勘兵衛さんほどのお人に気づかれず跡をつける。ということは、銀八という幇間、少しは手慣れた間者かもしれませんね」

「わたしも勘は鈍っておりますので。ですが、ただの酔いどれの幇間ではありませんな。長屋を探っていることはたしかです。それで、今日もお京が張り付いております」

「お京さんなら、間違いないでしょう」

「もうひとつ、お伝えすることがあります」

「銀八の件以外にですか」

「徳次郎のことでして」

「ほう、徳さんが」

「あの男、お屋敷での不義が隠密になったきっかけです。それが、先月、京橋の往来で不義の相手とばったり出くわし、昔の名を呼ばれたそうです」

作左衛門は眉間にしわを寄せる。

「うーん、それはまずい。で、その女に正体を知られたのですね」

「いや、それが今のところ、相手は気づいていない様子。不義の小姓は自刃したことになっております。ただ、そっくりの徳次郎を見て、驚いたそうで、思わず名を呼んだのだろうと、徳次郎は申します」

「厄介なことにならなければいいが」

「わたしもそう思います。徳次郎にはくれぐれも女に近づかないように念を押しました」

「うむ」

「で、そこからひとつ、世直しに通じるかもしれない案件が持ち上がりまして」

首を傾げる作左衛門。

「徳さんが女と出会った一件から世直しですか」

「はい、徳次郎の不義の相手の奥女中、今は老舗《しにせ》の明石屋という扇屋の女房ですが、その亭主の治兵衛という男、博奕《ばくち》に興じて、賭場《とば》に入り浸り、借金がある様子。徳次郎はまだその女に未練があるのか、これをなんとかしたいと単独で探っておりまして、それに気づいた玄信先生が問いただし、一件がわれわれの知るところとなり」

「その博奕打ちが民を苦しめる悪党ならば、世直しになるかもしれぬと思われますか」

「私情は禁物ではありますが、いかがでしょうかな」

首を横に振る作左衛門。

「博徒を取り締まるのは、わたしたちの世直しの仕事ではありませんよ」

「もちろんです。この博奕の胴元というのが、博徒ではありません。元御先手組の組頭で火付盗賊改方も勤めたことがある池上長七郎という旗本です」

「ほう、池上長七郎。その名前には憶えがあります。都鳥の孫右衛門という賊徒の一味を皆殺しにした火盗改の頭ですね」

「ご存じですか」

「たいそうな評判でしたよ」

「実はわたし、番屋の当番の際、定番の甚助と、たまたま見廻りに来た南町奉行所の同心井上平蔵にそれとなく水を向けまして、火盗改のこと尋ねてみました。博徒に詳しい弥太郎が探ってきた噂と、それぞれ少しずつ違うところがあり、それで井筒屋さんに話を聞いていただこうと思いまして」

作左衛門は大きくうなずく。

「そういうことですか。わかりました。うかがいましょう」

「まず、弥太郎の話ですが、池上長七郎は幕臣でありながら、本郷菊坂町の勝五郎という博徒を使い、自分の屋敷で賭場を開いており、博奕の客は大店の主人など金離れがいいようです。それで無役とはいえ、けっこう裕福な暮らしをしています。が、博徒や遊び人には評判が悪い。これは火付盗賊改方の場合、連中を過酷に責めたから恨みを買っているとのこと。また、その後の徳次郎の調べによると、明石屋治兵衛は多額の借金をしており、池上は勝五郎を通して督促し、返済ができない場合は店を取り上げるぐらいはやるでしょう」

「博奕の借金は自業自得。それだけでは世直しは難しいですな」

「はあ、池上は博徒やならず者には評判は悪いのですが、定番の甚助などは、けっこう褒めております。江戸を荒らした盗賊都鳥の孫右衛門を捕らえて成敗したのは大手柄だと」

「四年前です。都鳥一味は下谷の両替屋を襲いました」

「両替屋ですか」

「日本橋あたりの大店より、両替屋のほうがよほど金があります。しかも、周囲はひっそりしています」

「ならば、警戒も厳重なのでは」

「そこをうまく襲ったようです。一家皆殺し、主人も家族も奉公人もひとり残らず、幼い子供まで。さらに女たちは殺される前に無残に犯されています。金はうなるほどありましょう。ごっそり奪われました。その都鳥一味を取り押さえ、皆殺しにした火盗改、池上長七郎が大絶賛されたのはほんとうです」

「町方同心の井上平蔵は池上を嫌っているというより、火付盗賊改方という役職を馬鹿にしております」

「そうでしょうね。町奉行所と火付盗賊改方は相容れません」

「井上が申すには、町方の役人は南も北も江戸の町人を守るのが役目、火付盗賊改方は二、三十ある御先手組から交代で選ばれて任期は一年だけ。そんな連中に江戸の町が守れるもんか。それが言い分です」

「町方の同心が言いそうなことですな。世の中、平穏なら火付盗賊改方なんていりません。御先手組そのものが、戦《いくさ》のときの軍役ですから、無用の長物とも申せましょう。ただ、町方は北と南を合わせて与力五十騎、同心二百数十人。ですが、役方の仕事はお裁きの記録を調べたり、人別帳を確認したり、番方から見れば生ぬるい。実際に町を見廻り悪事を取り締まる定町廻、臨時廻など二十人ほどです。徒党を組んで武装した盗賊一味が豪商を襲えば、とても太刀打ちできません。そこで御先手組から加役として選ばれたのが火付盗賊改方。平時は任期一年で、特に目立った動きはありませんが、いざ、盗賊どもが江戸を荒らせば、大活躍。有能ならば一年といわず、何年も同じ組頭が加役を続けて勤めますから、配下の御先手与力や同心も捕物に専念できます。町奉行所はそれが面白くないのでしょう」

「そうなんですか。では、都鳥一味を討ち取った池上長七郎は何年も」

「いえ、池上長七郎は一年も満たなかった。都鳥を皆殺しにした直後にお役御免になりました」

「それも井上平蔵から聞きました。一味の潜伏先を調べるために、多くの博徒やならず者を捕らえて、責め苛《さいな》み、命を奪ったと。そのため、渡世人たちから恨まれていると」

「はい。町奉行から苦情が出て、お役御免になりましたが、そこにはもうひとつ世間に憚《はばか》られる事情がありまして」

「それも井上から聞きましたよ。さるお旗本の若様が遊び人に紛れて捕縛され、責め殺されたと」

「お名前はわたしも知りませんが、ほんとうらしいです。捕らえた都鳥一味を屋敷で吟味し皆殺しにしたことも、責任を問われました」

「盗賊を成敗したのがですか」

「刃向かう賊徒を討ち取ることに文句はありません。捕らえた場合、詮議のあとは町奉行所に引き渡し、伝馬町に収監し、獄門なり磔《はりつけ》なり、相当の刑罰にすべきであり、火盗改とはいえ、それに従うべきですが、役宅で首をはねるのはやりすぎとの苦情が出ました」

「なるほど」

「しかも、都鳥一味が強奪した金。池上長七郎から口書きといっしょに若年寄に届けられ、公儀に収納となりましたが、店の者が皆殺しの上、賊徒も残らず死んでおり、正確な金額がいくらなのか、池上の言いなりでしかないというのが、町奉行からの訴えで、これで池上は小普請入りとなりました」

「実は池上長七郎を失脚させた当時の北町奉行、柳田河内守でした」

はっとする作左衛門。

「あの河内守でしたか。四年前ですから、そうですね」

柳田河内守は昨年、陰富まがいの招福講と高利の貸付で富を築いた豪商津ノ国屋吉《つのくにやきち》兵衛《べえ》の不正にかかわった罪が判明し、切腹の上、家は断絶となっている。これらの悪事と不正を暴き出し追い詰めたのが、ほかならぬ勘兵衛たち隠密長屋一同の働きであったのだ。

池上長七郎がその河内守に失脚させられていたとは、なんという因果であろう。

「どうですかな、井筒屋さん。池上長七郎も柳田河内守と同じ穴の貉《むじな》か狸《たぬき》。悪事がさらに判明すれば、世直しになりませんかねえ」

「骰子《さいころ》賭博の胴元ぐらいでは無理です。他にも中間部屋を博徒に貸しているお旗本の殿様は大勢いますから。ですが、池上が博徒ばかりか盗賊の上前をはねていたとすれば、ふふふ、なんとかなりましょう。調べてごらんなさい」

「徳次郎の昔の色事が、思わぬ世直しにつながれば、儲けものです」

「勘兵衛さん、まずは幇間の正体を突き止めることも肝心ですよ。長屋のみなさんなら、抜かりないとは思いますが」

二

「さあさあ、御用とお急ぎのない方は、お立ち合い。ゆっくりとお聞きなされて、くださりませ」

昨夜から降り続いていた雨が今朝になって小降りになり、午後からは晴れ間が見えるようになった。雨ざらしの香具師《やし》は雨天中止だが、梅雨時の天候は不安定で、晴れたかと思えば雨になり、雨かと思えば青空になることもある。

長屋に籠っての書見も飽きてきたので、橘左内はガマの油の道具一式を携《たずさ》え、浅草の奥山に出向いた。手配の若い衆に挨拶し、指定された場所で台を設置する。周辺には植木を並べる老爺や古着屋の年増がすでに店を出していた。左内は軽く会釈し、ガマの置物と膏薬の入った貝を並べ、襷《たすき》に鉢巻で身なりを整え、おもむろに口上を語り始めた。

「手前、持ちいだしたるは、これなる四六のガマの油じゃ。さて、お立合い。四六、五六はどこでわかる。前足の指が四本、後足の指が六本、これを名づけて四六のガマ。これより北の北州、吉原にあらず、筑波山《つくばさん》の麓にて、ガマの獲れるのは五月に八月に十月、今は五月でよく獲れる」

珍しそうに足を止める通行人。ガマの置物をかぶりつくように見つめる客を左内は注意する。

「これこれ、そう近う寄り過ぎてはならん。ガマがかぶりつくぞ。さて、これを名づけて五八十は四六のガマだ。このガマの油を三七、二十一日の間、とろりとろりと煮つめたるがこれなる油だ。効能は切り傷、すり傷、かすり傷、ひび、あかぎれ、尾籠《びろう》な話で失礼だが、切れ痔《じ》、イボ痔、その他、腫れ物一切に効く。いつもは一貝で百文であるが、今日はお披露目のため二貝で百文だ、さあさあ、お立ち合い。手前持ち出したる業物《わざもの》、ごらんの通り、抜けば玉散る氷の刃」

左内がさっと刀を抜いたので、見物客がさらに集まってくる。

「さあ、お立ち合い、近う寄ると危のうござるぞ」

左内は半紙を一枚取り出し、ひらひらと舞わせて、さっと宙で切り刻み、紙吹雪を舞わせる。

「おおっ」

遠巻きにしていた見物客が声をあげる。

「見事なもんですねえ」

「どうじゃな、二貝、百文でござる」

感心する客。

「はあ、驚きましたなあ。紙吹雪には最初から仕組んだ種でもあるんでしょうか」

「そのようなもの、ござらぬ。手妻でもからくりでもない。真剣の業《わざ》でござる」

「うへえ」

見物客は驚いて去っていく。一休みして、また口上から紙吹雪までの繰り返し。今度は少し売れた。効き目があるかどうか、左内にもよくわからない。産婆のお梅が言うには、左内の商うガマの油と称する膏薬は本物のガマの油ではなく、胡麻《ごま》油にいろいろと混ぜてあるだけで、毒にも薬にもならぬ代物だそうだ。病《やまい》は気からとの言葉もあるので、気の持ちようで打ち身やかすり傷程度なら効くかもしれぬが、軽傷は薬などなくても放っておけば治るとのこと。とすれば、ガマの油など気休めを売っているようなものだ。

左内がこの稼業を選んだのは、膏薬の効能よりも、真剣を使って紙吹雪を舞わせるからだ。見物客が声をあげて感嘆する。種も仕掛けもない。修行のたまものである。今まで何人、人を斬ったことか。いつも青白い顔をしているので、お梅に死神みたいだと言われたが、不思議と悪い気はせず、気に入っている。悪人に名を問われ、あの世から迎えにまいった死神でござる、そう名乗ることもある。

奥山の盛り場、見物客は何度も入れ替わる。その都度口上を述べ、紙吹雪を舞わせ、膏薬を売る。売りながら、今日はずっと気になっている。見物客に紛れるように遠くから左内を見ている小柄な町人。客が入れ替わっても立ち去らず、遠くから左内を見ている。身なり、風貌、髪の形、ありふれているが、裕福な大店の主人には見えない。小商人なのか、職人なのか、あるいは遊び人なのか。

なるほど、こいつがそうに違いないぞ。貧相で目立たないが、左内が長屋を出たときから、ずっと跡をつけられていた。それは気配ですぐにわかった。この男、お京が言っていた今戸の幇間、小柄で貧相なところからして、銀八であろう。長屋を探り、こっちをつけまわし、遠くからガマの油を売るところを見物しているとみえる。

こちらが気づいたこと、向こうにはまだ知られていない。さらに遠く、奥山の通行人に紛れて、お京がいることも左内にはわかっている。七つの鐘が鳴る頃、男はようやく立ち去ったようだ。お京も黙って姿を消していた。

今日、午後から雨があがって、左内が奥山に仕事に出ること、左内自身も予定していなかった。ところが、幇間の銀八は長屋を出るのを待ち構えており、田所町から奥山まで、ずっとつけていた。左内だけを見張っていたのか、あるいはたまたま出てきたのが左内だったので、跡をつけたのか。いずれにせよ、気の長い話だ。それが密偵の仕事とすれば、お京や弥太郎には頭が下がる。

左内は夕暮れ前に仕事を終え、浅草の居酒屋で軽く一杯やったが、もう銀八の気配はなかった。


梅雨時はあまり商売にならないが、かといってなんにもしないでいると、世間に不審がられるかもしれない。徳次郎は商売物の小間物がけっこう売れて、在庫が減ったので、田所町から近い横山町《よこやまちょう》の小間物問屋まで空の箱を担いで仕入れに行くことにした。

「いらっしゃいませ」

間口の広い大きな店で、奉公人も客も大勢いて活気がある。

「徳次郎さん、ようこそお越しくださいました」

顔見知りの若い手代が頭を下げる。

「うん、こんにちは。雨がやんでよかったね」

徳次郎が求めるのは、商家の女中が喜びそうな櫛《くし》、笄《こうがい》、簪《かんざし》のような髪の装飾品、紅《べに》、白粉《おしろい》、髪油《かみあぶら》などの化粧用品、それ以外にも、この問屋にはなんでも揃っている。刃物や器や道具類、細々《こまごま》とした品物だから小間物。

女が喜びそうな品をいくつか仕入れて箱に仕舞い、店を出る。見張られている気配はない。さて、どうするか。田所町の長屋に戻って、仕入れた品を整理し、箱の中を入れ替える。

久々に京橋まで足を延ばそうか。明石屋のお峰には決して近づかないようにと念を押されている。どんな拍子で自分が小姓の藤巻主計だと相手にわからないとも限らない。われら隠密の秘密を知られたからには、生かしてはおけぬ。なんてことにならなければいいが。

夕暮れまでにはまだ間がある。小間物の箱を担いで通りへ出た。本町通りを西に向かい、室町から日本橋を渡って南へ進む。おっと、いけない。足が自然に京橋に向かっている。明石屋は避けて、三十間堀の西側をぶらぶら、いつもの蕎麦屋で軽くたぐりながらぼんやり考える。お屋敷での不義の相手、小波のことはずっと思い出しもしなかった。遊びなんかではなかった。心底惚れていた。それなのにきれいに忘れていた。ところが、今は明石屋の女房お峰になっている。先月声をかけられてから、ずっと気になって仕方がない。

しあわせに暮らしているのなら、よかったのに、どうやらそうではないらしい。老舗の大店なのに亭主が博奕にうつつを抜かし、店の金を注ぎ込み、女房を冷たくあしらう。そんな亭主は離縁が一番だが、女からは持ち出せない。亭主が三下り半を書かなければ、別れることすらできないのだ。

治兵衛は決して別れないだろう。持参金も嫁入り道具も返せない。お峰の実家は赤坂の大店で、今は治兵衛の唯一の金蔓《かねづる》だからな。

世の中、そんな風に苦しんでいる女はたくさんいるだろう。女に優しいとか女の味方とか言われながら、徳次郎は女のためになにもしてやれない自分が不甲斐ない。せめて、亭主の博奕道楽をやめさせるとか、そのために入り浸っている賭場を潰すとか。いい思案は思いつかない。

蕎麦屋を出ると、外は夕暮れが迫っていた。空は曇ってまた雨になりそうだ。人通りはほとんどない。降られる前にそろそろ帰るとしよう。

「おや」

三十間堀から木挽町に架かる紀伊国橋《きのくにばし》の横手に差しかかると、橋の真ん中あたりにぼんやりとたたずむ人影が見えた。背の高い女のようだ。なんだろうな、と思いながらも橋は渡らず、そのまま行き過ぎようとしたら、女が欄干に足をかけた。

「ああっ」

身投げしようとしている。幅が三十間あるので三十間堀。梅雨時で水嵩が増し、ばちゃばちゃと音を立てている。大川《おおかわ》まで行かなくても、ここでも飛び込んだら命はない。

徳次郎はとっさに駆け寄り、無言で後ろから抱きとめた。それを女は振りほどこうともがく。

「お離しください」

「危ない真似はおよしなさい」

「後生です。身を投げさせてください」

「馬鹿なことを言っちゃいけない」

「あ、あなた様は」

女が徳次郎を見て、目を瞠《みは》った。

「いつかの小間物屋さんではありませんか」

「えっ」

徳次郎も驚く。女は明石屋の女房お峰だった。

「徳次郎さんとおっしゃいましたわね」

「明石屋のおかみさんでしたか。あたしの名前を覚えていてくださったんですか」

「はい」

お峰は抱きすくめられた体をようやく振りほどき、頭を下げる。

「どうか、どうか、徳次郎さん、あたしを死なせてくださいな」

川に身を投げて死のうとしていたのだ。わけは聞かなくてもわかっている。

「おかみさん、早まっちゃいけませんぜ。通りかかったのもなにかの縁です。あたしにできることなんて、なにもないかもしれませんが、わけを聞かせちゃもらえませんか」

お峰は徳次郎の顔をじっと見る。その目に涙が流れていた。

「わけを聞いてくださいますか」

「あたしでよければ」

「こんなこと、申し上げるのは恥ずかしいのですが、あなたはあたしの存じ上げているお方に瓜二つ。今こうして、あなたに抱きとめていただいたのは、そのお方があたしをあの世から見守ってくださっているとしか思えません。どうか、話だけでも聞いてくださいますか」

懇願されて、うなずく徳次郎。

「ようござんす。おかみさん、ここじゃなんだから、この先に蕎麦屋があるんで、そこなら人目にもつかず、いかがですか」

こくりとうなずくお峰を徳次郎は先ほどの蕎麦屋に誘い、奥の小座敷を借りた。他に客はいない。蕎麦が出され、徳次郎は女中の袖にそっと銭を滑り込ませたので、女中は心得たようにうなずき、障子を閉めた。

「おかみさん、死のうとしたわけ、そのお顔の痣《あざ》とかかわりあるんでしょうか」

お峰ははっとして、袖で顔を隠す。行燈《あんどん》の明かりでも、顔の痣ははっきりしている。

「お店を抜け出し、やりきれなくて川べりを歩いていましたら、もう生きていても仕方がない。そんな気になり、橋の欄干に足をかけました。あなたが通りかからなければ、今頃はあの世をさまよっていたでしょう」

「おかみさん、そのお顔」

「はい、亭主に打擲《ちょうちゃく》されました」

「なんですと」

徳次郎の眉間にしわが寄る。

「恥を申し上げますが、今、明石屋はにっちもさっちもいかないところで、奉公人にもそのことがわかってしまいました」

「それはまた」

「亭主が昨年から賭場に通い始めまして」

「博奕でございますか」

「最初は勝っていたと申します。それがよほど面白かったのか、だんだんと深みにはまり、負けてばかり。それなのに、また取り返せるんだと、一向《いっこう》に賭場通いをやめません。うちは扇屋でお得意様もありますが、頂いた掛け取りのお代は右から左に賭場に消えてしまい、借金が重なり、とうとう店も土地も形《かた》に取られる寸前。あたしの実家は赤坂で経師屋をしておりますが、亭主はそこにも押しかけ、金の無心、儲け話があると父を欺いて借金の請け人にしようとしております。あたしが、おまえさんとはもういっしょに暮らせないから離縁してほしいと頼みましたら、いずれ実家の山崎屋も人手に渡って、おまえの帰る家はない。離縁してほしければ、博徒の勝五郎がおまえにぞっこん、ご執心だから、妾になったらどうだ。そしたら別れてやってもいい。そんなことを申しましたので、いやだと首を横に振りましたら、殴られたのでございます」

徳次郎のはらわたは煮えくり返った。女をいたぶるような外道《げどう》は絶対に許せない。

それが昔惚れた小波ならなおさらだ。

「おかみさん、これから、どうなさるおつもりですか。決して、早まっちゃだめですよ」

「そうですね。徳次郎さん、あなたにお会いできたのは、きっとあのお方があたしを見守ってくださっているんだと思います」

「あのお方とは、どのようなお方ですか」

お峰は顔を伏せる。

「あたし、ほんとうは去年に死んでいたのですよ」

「えっ」

「だから、死ぬのは全然怖くもなんともないんです」

「だめですよ。死ぬなんて」

「そうね。実は、あのお方、あなたにとてもよく似たお方、去年、命を落とされました。あたしのせいで」

「あなたの」

「はい、ですから、あたしもそのとき、いっしょに死ねばよかったんです」

「そんな」

「生きていても、いいこと、なんにもないんですもの」

「お峰さん」

「えっ」

「死なないでください」

「あなた、今、あたしの名前を呼んでくださいましたね。覚えていてくださったんですか」

「はい、おかみさん、先月、あたしに呼びかけてくださったお名前が、そのお方のお名前なんですね」

「恥ずかしながら、あたし、明石屋に嫁ぐ前、行儀見習いでお屋敷に奉公しておりました。そこで親しくさせていただいたお方、藤巻主計様。あなたは藤巻様にあまりに生き写しだったので、思わず呼びかけてしまいました。失礼をお詫びいたします」

「そうでしたか。あたしのような担ぎの小間物屋風情が言うことではありませんが、そのお方、きっと天からお峰さんを見守っていらっしゃいますよ」

言われて涙ぐむお峰。

「だから、あたし、あの方にそっくりなあなたに命を助けられたんですわ」

「そうですとも」

徳次郎は蕎麦屋の小座敷で、思わずお峰を力いっぱい抱きしめたくなるのをぐっと我慢した。

「今はただ、命を大切になさい。苦難から身を守れば、不吉な嵐はやがて過ぎ去ります」

「苦難から身を守る」

「まずは御主人からです」

「亭主から。あの人は借金まみれのくせに、あたしを縛りつけ、離縁するなら勝五郎の妾になれと迫ります。離縁はしたいですが、博徒の妾もいやです。借金の期限は今月いっぱい。それまでに返せなければ、店も土地も博徒に取られて、あたしも亭主の持ち物のひとつ、形として博徒のものになります」

「馬鹿な。ご実家に逃げ帰っても、離縁はできないのですね」

「博徒は実家にも手を伸ばしますので」

「それならば」

徳次郎はふと思いつく。

「尼寺がいい」

「尼寺ですか」

「鎌倉にある縁切寺に駆け込むのがいいでしょう。鎌倉までは少し遠いですが、そこには亭主から別れたいのに別れられない女たちがたくさん匿《かくま》われているそうです。男子禁制で、男は入り込めず、何年か過ごせば、きれいに離縁できると」

「徳次郎さん、そんなこと、よくご存じですね」

「あたしは無学な小間物屋ですが、知り合いに物識りの易者先生がいまして、なんでも教えてくれるんです」

三

「夜分すまないね。ちょいと思いついたことがあって、来てもらった」

亀屋の二階に集まったのは半次、弥太郎、お京、二平の四人である。

「明日にでも、おまえさんたちに一仕事お願いしたい」

「なんでもやりますぜ」

半次が大きく請け合う。

「ふっふ、半ちゃん、おまえさんには一芝居、いや二芝居ほど頼みたい」

「いいですねえ。任せておくんなさい」

「池上の屋敷では三日にあげず賭場が立っている。そうだったね、弥太さん」

「はい、雨の日も風の日も、お天気にかかわりなく、打ってます」

「そこで、半ちゃん、おまえさんに池上の賭場に行ってもらいたいんだ」

「へえ、あっしが池上の賭場で博奕を打つんですね。どういう趣向ですか」

「弥太さん、池上の賭場は一見の客は入り込めない。また、金のある裕福な旦那衆だけで、貧乏人や遊び人も入れない。そうだったね」

「はい」

「そこでだ。半ちゃんに大店の主人に化けてもらい、弥太さん、おまえが若旦那として博奕を打つ」

「あっしが大店の主人ですか。だれに化けましょう」

「借金抱えて賭場に足が向けられない大店の旦那。年格好からすると、明石屋治兵衛がいいんじゃないかな」

「へえ、明石屋治兵衛ですか。話だけで顔も声も知りませんけど」

「会いに行けばいい」

「どうやってですか」

「あそこは扇屋だよ。扇を注文すればいいじゃないか。主人の治兵衛に会って直々に扇を注文するとなると、お武家様、大名の用人てところか」

「ほう」

「そういう役、得意だろ。会いさえすれば、治兵衛の顔や声や動き、そっくり盗めるんじゃないのか」

「やってみます」

「そこでひとつ厄介なのは、このところ、うちの長屋を毎日のように嗅ぎまわっている幇間の銀八だ。半ちゃんが侍に化けて京橋の明石屋に行けば、怪しんで跡をつけるだろうし、こっちの企みを知られてしまう。お京さんがずっと、銀八の動きを見張ってくれているが」

　うなずくお京。

「はい、いつも長屋のあたりをうろついて、今日は左内さんをつけまわし、奥山でガマの油売りをずっと見物していましたよ」

「なにを狙っているか、今のところわからないが、われわれひとりひとりの動きを調べているんだろうな」

「たいていは昼過ぎから動きだしますので、半ちゃんが朝のうちに動けば大丈夫とは思いますけど、午後からずっと銀八がここらを張っていると、それはそれで厄介です」

勘兵衛はうなずく。

「そこでだ。もし、明日、半ちゃんと弥太さんが出たあと、銀八がここでだれかを待ち伏せするようなら、二平さん、鋳掛屋のおまえさんが、あっちこっち動きまわってほしいんだ」

「いつも通り、鋳掛屋の商売をしながら町を流せばいいんですね」

「うん。お京さん、明日も銀八を張っとくれ。どうだい」

「承知しました」

半次がにやつく。

「へへ、そいつは面白えや。でも、うまくいきますかね」

「なにが」

「銀八が現れて、うまく二平さんをつけてくれればいいんですが、知らん顔してじっと長屋の前にいたら、あっしら、帰ってこれませんぜ」

「まあ、そのときはそのとき、臨機応変になんとかしよう。おまえさんたちは侍とお

「供《とも》に化けて、明石屋の主人に扇《おうぎ》を注文しておくれ」

「ははっ、お任せあれ」

京橋の明石屋が開店して間もなく、立派な身なりの武士が従僕の供をひとり連れて表に立った。供が店に向かって呼びかける。

「お頼み申す」

「へーい」

若い手代が店先に進む。

供を背後に下がらせ、侍が身を乗り出す。

「ここは扇を商うておる明石屋であるな」

「はい、手前どもが明石屋でございます」

「拙者、小石川より扇の注文に参った。主はおるか」

「さようでございますか。どうぞ、こちらへ」

手代はふたりを店先から案内し、年嵩《としかさ》の番頭が迎え入れる。

「ようこそお越しくださいました。わたくし、番頭の忠兵衛《ちゅうべえ》と申します。お武家様、どのような扇をお求めでございましょう」

「うむ。拙者、公儀ご老中、松平若狭介用人、神崎新兵衛《かんざきしんべえ》と申す」

「ははあ」

平身低頭の番頭。

「殿が贈答用に鉄扇《てっせん》を誂《あつら》えたいと申されての。わが藩に出入りの赤坂の山崎屋が、それならばと、ここを勧めたので、拙者が参った次第じゃ」

「はあ、山崎屋さんの口利きでしたか」

「うむ。ちと、内々の注文ゆえ、主《あるじ》に直《じか》に申し入れたいのじゃが、主の治兵衛はおるのか」

「はい、ご老中、松平若狭介様のご注文でございますか。しばし、お待ちくださいませ。今、主に伝えてまいります。どうぞ、こちらでお待ちくださいませ」

番頭の忠兵衛が用人を座敷に案内し、供の従僕は店先で待機する。

「これは、これは」

奥から姿を現した治兵衛が用人の前に座し、畳に額《ひたい》をすりつけるように深々とお辞儀する。

「ようこそ、お越しくださいました」

「うむ。実はのう」

しばしの後、商談を済ませ、奥座敷から堂々と出てくる用人に主人の治兵衛が深々と頭を下げる。

「神崎様。承知いたしました。お殿様にどうかよろしくお伝えくださいませ」

「相分かった」

「ありがとう存じます」

明石屋治兵衛と奉公人一同に頭を下げられた神崎と名乗る用人、鷹揚にうなずき、供を従えて往来へ出る。

「半次さん、鉄扇の注文はうまくいきましたか」

「うん、なんとかなるだろう。じゃ、長屋に戻って、今度は大店の主人、おまえさんは大店の若旦那だぜ」


昼餉を済ませた勘兵衛は、亀屋の帳場に座ってほっとしている。

田所町に銀八が現れたというお京の知らせで、二平が鋳掛屋の道具箱を担いで長屋を出ると、思った通りに銀八が跡をつけていく。

どうも腕利きの隠密にしては、安直すぎるようだ。が、長屋の住人の動きをひとりひとり調べているのは間違いない。だれが、なんのために。

とりあえず、半次と弥太郎が京橋の明石屋に向かい、うまくやってくれているだろう。さて、これからどう進めるかだ。

「こんにちは」

「おや」

暖簾《のれん》をくぐって入ってきたのは徳次郎だった。

「徳さん、どうしたね」

「大家さんに込み入った話がありまして」

ただ事じゃなさそうだ。そう思い、勘兵衛は久助に声をかける。

「久助」

「へーい」

「ちょいと徳さんと二階で話があるんで、おまえ、店を頼むよ」

「かしこまりました」

勘兵衛は徳次郎と二階の座敷へあがる。間もなく、久助が盆に載った茶を持ってくる。

「どうぞ」

「あ、久助さん、ありがとう。すまないね」

「いえ、どうぞ、ごゆっくり」

久助が下りていくと、勘兵衛を見ながら、徳次郎は軽く溜息をつく。

「困ったことでもできたのかい」

「あたしはどうすりゃいいんでしょう」

「なにがあったんだい」

「昨日、夕暮れに三十間堀に身投げしようとした女を助けました」

「えっ」

「まさかとは思いましたが」

「おまえさん、その女」

「はい、お察しの通り、明石屋のお峰でした」

「そうかい。身投げとはなあ。よほど追い詰められているんだな」

「お峰はすぐに、あたしに気がつきました」

「おまえさんが不義の相手の小姓だと」

「いえいえ、そうじゃありません。小姓時代のあたしの顔は忘れないでしょう。それと瓜二つの男のことも。あたしが小間物屋の徳次郎だとすぐに気がつきました」

うなずく勘兵衛。

「因果な話だねえ。それで、身投げを助けて終わりにならなかったんだな」

「せっかく助けても、そのまま放っておくと、また変な気を起こすかもしれない。間違いがあってはならない。そう思いまして、近くの蕎麦屋の小座敷で話を聞いてやりました」

「そこがおまえさんの優しいところだな」

「だいたい察してはおりましたが、思った以上にひどい話でした。亭主の治兵衛が博奕に入れあげ、借金がかさんで、実家にも迷惑がかかっている。借金の返済を催促しているのは菊坂町の勝五郎。お峰はどうやら池上のことまでは知りませんね。旗本の屋敷で賭場が開かれているとは、女房にもしゃべっていないのでしょう」

「差し障りがあるってことだね」

「借金の期限が今月の晦日で、返せなければ明石屋の店も土地も取り上げられます。そうなると、お峰自身も形に取られて勝五郎の妾になれといわれ、亭主に殴られた痣もありました」

勘兵衛は眉をくもらせる。

「なんて野郎だ。博奕で借金を作った上に女房を殴って、博徒の妾に売ろうとは。明石屋治兵衛、とんだ屑《くず》だな」

「治兵衛の博奕狂いと借金のこと、店の奉公人たちにもそろそろ気づかれている様子で、お峰はいたたまれず」

「それで川に身を投げようとしたのか」

「はい」

「うーん」

　勘兵衛は腕を組んで考え込む。

「それで、おまえさん、お峰を助けたいんだね」

「できれば」

「晦日までに明石屋の借金を帳消しにするには、勝五郎と池上長七郎を始末するしかあるまい。だが、われわれはお殿様のお指図で世直しを行う隠密だ。それを忘れて勝手な真似は許されないよ」

「わかっております。そこで、身勝手とは思いますが、お峰だけを救う手立て、ひとつだけ考えたんですが」

「ほう」

「お峰が亭主と縁を切れば、明石屋が潰れようとも、お峰の災難は避けられます」

「うん、なるほど。夫婦別れすれば、亭主の借金までは背負い込まなくてもいいわけだな」

「ですが、治兵衛は離縁しません。離縁すると金蔓の女房の実家とも縁が切れますから。そこで、女から縁を切る手立て、考えました」

「そんな手があるのかい」

「はい、お峰を縁切寺に逃がします」

ぽかんと口を開ける勘兵衛。

「縁切寺って、おまえさんがかい」

「前に玄信先生に縁切寺のことを聞いたので、調べてみました。鎌倉にある東慶寺《とうけいじ》という尼寺に駆け込めば、亭主との縁が切れます。どうでしょう。晦日までに、あたしにやらせていただけますか」

勘兵衛は階下に向かって声をかける。

「久助」

「なんでございましょう」

「すまないが、玄信先生、まだ柳原まで行ってないと思うんで、ちょいと呼んできてくれないか」

「へーい」

しばらくして、玄信があがってくる。

「大家さん、徳さんも、どうされましたかな」

「先生、徳さんに縁切寺のこと、話しましたね」

「ああ、あのことですね」

軽くうなずく玄信。

「女からは離縁の申し立てができないので、縁切寺に駆け込むのが一番だと言いました。それがなにか」

「徳さんが、明石屋のお峰を鎌倉の縁切寺まで逃がしたいと言ってるんですが、そんなこと、できるでしょうか」

玄信は驚く。

「それはまた大胆な。徳さん、いったいどうしたんだい」

「昨日、お峰が川に飛び込もうとしまして」

「ええっ」

「たまたま通りかかって、抱きとめました。それで話を聞くと、明石屋治兵衛の博奕の借金、今月晦日が期限で、返せなければ店も土地も取り上げられた上、お峰自身が借金の形に勝五郎の妾にならなきゃならないんです。それで、あたしがお峰を鎌倉の縁切寺東慶寺まで逃がしてやれないか、大家さんに相談していたところです」

「どうです、先生。そんなことできますかねえ」

「うーん」

玄信は頭を抱える。

「徳さん、おまえさん、切羽詰まっているようだな。明石屋のお峰に小間物屋の正体が元小姓だとばれたのかね」

「いえ、それは大丈夫です」

「ならば安心だが、縁切寺はたしかに鎌倉の東慶寺だ。おまえさん、そこまで調べたんだね」

「はい、なんとかしてやりたくて」

「鎌倉は遠いな。早馬や早飛脚なら、一日で行くかもしれないが、女の足ではとても無理だよ。まず江戸からだと、東海道《とうかいどう》の保土ヶ谷《ほどがや》で一泊、そこから鎌倉道に入って、急いでも二日はかかる。それに、江戸を出るには手形も用意しなければならないが、明石屋は京橋の尾張町だったたか」

「はい」

「そこで手形を出してもらうには、いろいろと面倒な手続きがいるよ。亭主に内緒ではちと厄介だ。手形が出ても、鎌倉までの女のひとり旅は物騒だ。おまえさんがいっしょに行くのかい」

「できれば」

「そりゃ、ますますだめだ」

玄信は大きく首を振る。

「ただの行きずりの小間物屋が、そこまでよその女房に親切にしたら、おかしいじゃないか」

「はあ」

「丸二日もいっしょに過ごせば、女におまえさんの正体が間違いなく知れてしまう」

「そうでしょうか」

「なんで死んだはずの不義の相手が小間物屋になっているんだ。それで隠密のことがわかってしまう。その女にばれると、そこから他にも漏れて、わたしたちの秘密は公儀に知れることになる。また、世直しを目の敵《かたき》にしている悪党どもにも知られるだろう。そうは思わないか」

玄信に言われて肩を落とす徳次郎。

「おっしゃる通りです」

勘兵衛が問う。

「徳さん、おまえさん、まさか、女に惚れ直して、よりを戻したいんじゃなかろうね」

「いえいえ」

首を振る徳次郎。

「惚れ直したかもしれませんが、よりは戻しませんし、正体も知れないようにいたします」

顔を見合わせる勘兵衛と玄信。

「どうしたもんかねえ、先生」

「さて、弱りましたな。徳さんも思い詰めたもんだ」

はっと思いつく玄信。

「悪縁を切りたいだけなら、鎌倉でなくともいいのではないでしょうか。徳さん、晦日になれば、明石屋は借金の形に勝五郎の手に渡り、おそらくは池上長七郎のものになり、女房のお峰はそのまま勝五郎の妾にされる。そうならなければいいんだろ」

「はい」

「なにも鎌倉まで行かなくても、江戸にも尼寺はいくらでもある。そこにお峰を隠せばいい。離縁ができなくても、晦日に姿が見えなければ、勝五郎には手が出せない。それに、勝五郎と長七郎の悪事、いずれわかるだろうから、お殿様に世直しのお指図をいただけば、それで万事うまくいくさ」

「うまくいくでしょうか」

「そうだなあ」

勘兵衛は苦笑する。

「まあ、世直しに私情は禁物だがね、徳さん。先生もそう言ってくれてるんだ。大家といえば親も同然、店子といえば子も同然。わたしが親として、手立てを考えるしかないだろう」

「ありがとうございます」

四

本郷も兼康《かねやす》までは江戸の内、とすればぎりぎり江戸になるのだろう。本郷三丁目から西に入ったところは町家がなく、武家屋敷が密集している。その中でも四百石の旗本、池上長七郎の屋敷は無役とはいえ、少し広めである。夕暮れが過ぎる頃、辻駕籠《つじかご》が門前で止まり、大店の主人らしき町人を降ろして、そのまま去っていく。町人は表門のくぐり戸をとんとんとんとんと五回叩く。ぎいっとくぐり戸が開いて、なかから門番のいかつい顔が現れ、町人の顔を提灯《ちょうちん》で照らす。

「こりゃようこそ」

「こんばんは」

町人は中に入っていく。

「半次さん、今夜も御開帳、やってるようです」

離れた場所から見ていたふたりの町人。明石屋治兵衛にそっくりの半次。もうひとりは大店の若旦那に扮した弥太郎。

「いつも、ああやって戸を五回とんとん叩くと、門番が顔を出します。明石屋治兵衛なら、中に入れてもらえるはずだから、うまくやってくださいよ」

「わかったよ」

門前に近づき、半次がとんとんとんとんと五回叩くと、くぐり戸が開いていかつい顔の門番が顔を出す。

「あ、明石屋の旦那」

「こんばんは。今日は客人を連れてきたんで、入れてくれるかい」

「ちょいとお待ちを」

門番が引っ込んで、しばらくすると、人相の悪い博徒が出てくる。

「こりゃあ、明石屋の旦那。いいんですかい。だいぶ貸しがたまってますよ」

「うん、そうなんだが、こっちの若旦那、日本橋の伊勢屋《いせや》さんだ。軍資金はたんまりあるから、遊ばせてくれないかい」

弥太郎はぺこりと頭を下げる。

「へへ、お初にお目にかかります。伊勢屋のせがれで、貫太郎《かんたろう》と申します。こちらは上品なお方ばかりとうかがいまして。ぜひともお仲間に入れていただけませんでしょうか」

弥太郎はずっしりした財布をちらっと見せる。

「おお、そうですかい。お馴染みの明石屋さんのお連れさんじゃ、断れません。さ、伊勢屋さん、明石屋さんもどうぞ、お入りなさい」

「大家さん、ちょいと驚きましたよ」

二階でうとうとしていると、いつの間にか、お京が横にいた。

「ああ、お京さん、なにかわかったかい」

「はい、銀八のやつ、今日は二平さんをずっとつけまわしていました」

「うん」

「二平さん、元気いいですねえ。いかけーって大きな声で町を回って、ときどき、路地裏で声をかけられて、鍋や釜を直して歩くんですよ」

「そうだろう」

元気に声をあげて町を歩く二平の姿が目に浮かぶ。

「二平さんは夕暮れ前にこの長屋に帰ってきました。銀八も律儀に最後まで付き合って、今戸へ帰るのかと思ったら、今日はいつもと方角が違うんです」

「ふうん、たまには違う道を歩きたいんじゃないか」

「そういうこともあるでしょうけど、あたしも最後まで見届けるのがお役目ですから、つかず離れず、跡を追いました。いつもならここから両国に出て、浅草橋を渡れば今戸まで真っ直ぐです。ところが、今日は日本橋筋に出て、神田川を渡って湯島から本郷のほうへ行くんです。ずいぶんと遠回りでしょ。変なほうへ行くんだなと思ってつけておりますと、加賀様の手前を左に曲がって、西の武家地に入っていきます。さるお屋敷の門をとんとん叩くと、いかつい門番がくぐり戸から顔を出しまして、顔見知りらしく、そのまま中に入りました」

「銀八が本郷の武家屋敷に入ったのか」

「はい、調べましたら、その屋敷の主人、池上長七郎でした」

「殿様、今夜もお盛んでよろしゅうございますねえ。上品なお客様方がお集まりのところ、あたくしのようなむさ苦しい者がうろちょろしては、さぞお目障り、ご迷惑でござんしょうが、明るいうちはかえって人目につきますから、どうぞ、ご容赦を」

広い座敷の上座で、ひとり酒を飲んでいる四十半ばの精悍な武士はこの屋敷の当主、池上長七郎である。

「よい、よい。この屋敷は毎度無礼講じゃ。盃をとらす、近うまいれ」

「ははあ」

幇間の銀八が擦り寄る。

「頂戴いたします」

銀八に酒を注ぐ長七郎。

「ところで、しばらく顔を見せなんだが、いかがじゃな」

「へっへっへ、この銀八、殿様に喜んでいただけますよう、及ばずながら誠心誠意、働かせていただいております。ようやく、目途がつきましたので、ご報告にまかりこしましてございます」

「ほう、例のこと、わかったか」

「はい、さすがは殿様、ご推量通り、あの長屋、ただの町の裏長屋ではございません。店子の中に怪しい曲者《くせもの》が潜んでおります」

「わしの勘もさほど鈍っておらぬか」

「いよっ、お見事でございます。手前、手踊りでもいたしましょうか」

苦笑する長七郎。

「貴様の踊りなど見とうないわ」

「こりゃまた、失礼をばいたしました」

「で、長屋のあらまし、うまくいけば、貴様の手柄であるぞ」

「滅相な。あたくしごときが手柄などと、百年早うございます」

「ふふ、それにしても貴様とわしは不思議な縁じゃのう。思えば四年前、都鳥の孫右衛門一味を一網打尽にしたのも貴様の手柄あってのことじゃ」

「いいえ、いいえ、あたくしなんぞ、ただの狗《いぬ》でございます」

畳に額をすりつける銀八。

「うむ。公儀より火付盗賊改方を仰せつかったとき、わしは血がたぎったのを忘れはせん。泰平の世に先手組など無用の長物と侮られておったが、火盗改ならば存分に働ける。わしは毎晩祈ったものじゃ。天上天下、津々浦々の盗賊どもよ、江戸に現れよ。わしが引っ捕らえてみせるとな」

「おお、それこそ天下無双。殿様のような頼もしいお方が火盗改では、盗賊はみな、震えあがって、江戸を避けまする」

「それは困るぞ。江戸が殺戮の巷《ちまた》にならねば、わしの出る幕がないではないか」

「さようでございますとも」

「そんなときじゃった。街道を荒らしておった都鳥の孫右衛門が江戸に現れたのは。下谷の両替商が襲われ、一家皆殺し、金が奪われた。手ぬるい町方ごときに後れを取ってはならぬ。盗賊ども、相当の大金を持っておってはすぐに江戸を離れられまい。いずこかに潜んでおるはず。配下に命じて、市中隈なく無法者どもを検挙し、都鳥一味の行方について取り調べた」

「町方ごときでは思いも及ばぬ峻厳《しゅんげん》なるなされよう。賭場や岡場所に潜む不逞《ふてい》の輩《やから》が次々とこのお屋敷で責められましたな。あたくしもそのひとりでございましたが」

「さようであったのう。しかも貴様、都鳥の一味であったとは」

「孫右衛門はあたくしの親方、ですが、恩も義理もございません。薄汚い盗っ人野郎でございます。眉ひとつ動かさず人を殺し、女を犯し、金を盗む。和泉屋でのむごたらしい所業。主人の前で金を残らず出せといって幼い子供の首を斬り、泣き叫ぶ女房を犯し、金を出した主人も奉公人も皆殺し。目を覆うばかりの外道《げどう》ぶり。あたくし、殿様の御前《ごぜん》に引き立てられまして、都鳥の居場所を申せ。言わねば、石を抱かせるがどうじゃ。石など抱きとうございません。女なら抱きとうございます。どうせ死罪は免れません。責められるのはご勘弁。極悪非道の孫右衛門、あんな野郎を生かしておいちゃ、この世は地獄。洗いざらい申し上げます。というわけで、谷中の寺に潜む孫右衛門他、一網打尽でございましたなあ」

「はっはっは」

呵々大笑する長七郎。

「貴様、盗っ人にしてはよい心がけじゃのう」

「有り余った金持ちから盗むのは、さほど悪事とは思いませんねえ。だけど、殺したり、女を手込めにしたり、親の目の前で面白半分に子供の首を斬るなんて。あたくし、性に合いません」

「その人情、盗賊よりも手先に向いておる。殺すのは惜しい。そう思うたぞよ。谷中の寺では、わしの手の者たち、刃向かう賊を多数討ち取ったが、中に寺の住職もおって、坊主を殺すはもってのほか、寺社奉行の斉木伊勢守《さいきいせのかみ》に少々横槍を入れられたが」

「なんのことはございません。あの生臭坊主、孫右衛門と昵懇で、貧乏寺は盗っ人宿でございました」

「寺社方の横槍など痛くも痒くもないわ。生き残った賊に縄をかけ、寺に隠してあった金も洗いざらい押収いたした。和泉屋は両替商だけあって、うなるほど金を蓄えておったようじゃ。千両箱で五千両はあったぞ」

「おおっ、お見事でございまする」

「火盗改はなにかと物入りじゃ。加役の役料などしれておる。正直にすべて公儀に差し出すこともあるまい。和泉屋は主人も奉公人もすべて死んでおり、残るは孫右衛門以下数名の賊徒ども。口書きはなんとでもなるので、五千のうち、千だけはこちらで預かった。余計なことは言わさぬように、賊徒は残らず首をはねた」

「いよっ」

「世間を荒らす悪逆な賊徒都鳥一味を成敗したと評判になり、江戸中の民がわしを褒め称えた。その上、濡れ手で粟の千両。今後も火盗改を続けて、盗賊どもを皆殺しにし、盗まれた金のいくらかは役得じゃ。そう喜んでいた矢先、町奉行の柳田河内めがわしを訴えおった」

「おお、おお、さぞ、ご無念のこととお察しいたします。いやなやつめ。河内守」

「うむ。都鳥の居場所を吐かせるために捕らえた無法者の中に、幕臣のせがれがおったとはのう。直参旗本といえば、将軍家をお護りし世の秩序を護る武士の鑑《かがみ》であるべきじゃ。その次男が博徒に交わる遊び人とは、世も末じゃな。しかもこやつ、思いのほか脆弱《ぜいじやく》な質《たち》ゆえ、あっけなく死におった。それを親父が河内守にねじこみ、河内めが若年寄に訴え、わしは解任となり、しかも先手組弓頭さえお役御免となった」

「うおおん、うおおん」

泣く真似をする銀八。

「残念でございましたなあ」

「貴様を生かして、火盗改の手先に役立てようと思うておったのにのう。狗には狗の使い道がある」

「さようでございますとも。うおおん、うおおん」

「世のため民のため悪を退治しようと思うておったこのわしを、解任に追い込んだ町奉行の柳田河内。なんとか陥れることはできぬか。噂では商人どもより賄賂を受け取り優遇しておるようじゃ。そこで貴様の出番となった」

銀八は再び畳に額をすりつける。

「ははあ、芸はなくとも幇間の銀八となり、河内守の遊ぶ花の吉原に潜り込みました。あっちからもほいほい、こっちからもほいほい、袖の下を受け取り、町奉行のくせに遊興三昧《ざんまい》。ですが、あたくし、驚きましたなあ。吉原では柳田に限らず、役人と商人の馴れ合いは日常茶飯事。腐りきった世の中でございまする」

「まことに嘆かわしい。わしが追い詰めずとも、天網恢恢《てんもうかいかい》、柳田河内め。昨年、とうとう腹を切りおった。家も断絶、溜飲が下がったぞ」

銀八は扇子《せんす》をぱたぱた。

「切った、切った、腹切った。河内守めが腹切った。殿様、おめでとうございます」

「女に狂うて腹を切るとは、笑止千万」

「さようでございますとも。その折、獄門となりました津ノ国屋吉兵衛が身請けしました吉原の花魁《おいらん》を河内守が妾にして囲っていたなんてねえ。あたくしもそのあたりまでは見当がつきましたので、殿様にご注進申し上げましたね」

「さよう。銀八、天晴れじゃぞ」

「あたくしが河内守と津ノ国屋とのつながりを探っておりました際、あそこの蔵にならず者が出入りしておりまして、金がごっそりと消えております。そのすぐあとに大勢の亡骸《なきがら》が見つかり、津ノ国屋吉兵衛が獄門となりました。消えた金はどうなったか」

「そうなのじゃ。噂では公儀に渡ったとのことじゃが」

「はい、でも、あたしが思うに盗っ人が横からかっさらったと思いますね」

「ふふ、貴様もそう思うか」

「思いますとも。なにしろ、去年の津ノ国屋の繁盛ぶり。質屋と招福講と金貸しとで、とんでもなく膨れあがっておりました。名のある盗っ人なら、舌なめずりしたいぐらい。だれだって目をつけます」

「貴様の盗っ人の血が騒いだようじゃのう」

「そっと見ておりますと、夜中に怪しいならず者たち、裏口から入っていって、だれも出てきません。するとならず者に加わっていた青白い顔の浪人がすうっと出てきまして、まるで死神みたいなぞっとする顔で立ち去りました。あたくしはあの顔が忘れられません。で、そのあと大騒ぎになったんですよ。たくさんの亡骸、消えた金、獄門になった主人吉兵衛」

「貴様、その浪人が盗っ人だと見当をつけたのだな」

「おそらくは、そんなようなもんですね。でも結局のところ、奉行所のお裁きでは盗っ人は不問。江戸は平穏、その後は盗賊の横行はありません」

この「天下泰平じゃな」

「すると、先月、あたしの住む今戸の近く、日本堤で仇討《あだう》ち騒ぎがありました。この泰平の世に仇討ちとは。たまたま、見物していて驚いたのなんの。助太刀の浪人者。あっという間に敵を大勢斬り殺しました。その顔が津ノ国屋で見た死神に似ておりました。もしかして、そう思って跡をつけましたら」

「田所町の裏長屋に入ったのだな」

「しばらく探っておりますと、どうやら大道でガマの油を売っております。あれだけの剣術使いがガマの油とは、どうも怪しい。長屋には空き店が一軒あることがわかり、脇の絵草紙屋が大家です。そこで空き店を貸してもらえないかと尋ねますと、もう決まっていると断られました。ですが、ひと月経っても、だれも入る様子はありません。それで殿様のお耳にお入れしました」

「たしかに、怪しい長屋じゃ。その浪人が津ノ国屋の一件にかかわりあるなら、長屋には、他にも仲間がおるかもしれぬ」

「はい、そこでずっと見張っております」

「ご苦労じゃな」

「凄腕の浪人ばかりか、雲つくような大男。あのふたりだけで、何人でも皆殺しにできましょう。別嬪の女髪結は吉原で見かけますので、ありゃ盗っ人の引き込み役にうってつけですねえ。他の店子は易者や大工や小間物屋など、年寄りの産婆は盗っ人には見えませんが、盗っ人に見えるような盗っ人はおりません」

「貴様もな」

「畏れ入ります。盗っ人は大仕事を控えて、たいてい町に溶け込み、ありふれた稼業に就きます。易者は人の弱みに付け込み、大工は普請の見取図に詳しく、小間物屋や鋳掛屋や飴売りは町を流しながら、目配りをします。これに剣術使いと大男と別嬪が加われば、大仕事は間違いなし」

「やはり、盗っ人長屋であろうか」

「あんまり度々では怪しまれますので、しばらくは付かず離れずでございますが、それとなく気をつけておりますと、どうやら大家の二階にたびたび集まり、なにやら相談しておる様子、とすれば、大家が一味の親方に違いありません」

「面白い。銀八、わしがなにを望んでおるかわかるか」

「なんでございますか。殿様」

「四年もくすぶって、博奕の胴元も飽きてきた。そろそろ、火付盗賊改方に返り咲こうと思うが、いかがじゃ」

「殿様ならば、ふさわしゅうございますよ」

「昨年、河内守めが腹を切ったあと、後任の北町奉行戸村丹後守《とむらたんごのかみ》が師走に変死した。この三月に坂口伊予守《さかぐちいよのかみ》が就いたが、これといった盗賊騒ぎもなく、町方はぬるま湯のごときじゃ。そこでわしは江戸に盗賊どもを集めて暴れさせたい。京大坂《きょうおおさか》にも名古屋《なごや》にも街道筋にもいくらでも賊徒はおるであろう」

「はい、おりますなあ」

「貴様、馴染みの盗賊、いくらでも知っておろう」

「いえ、あたくしは都鳥を裏切ってこちら側に寝返った男、昔馴染みの盗賊とは深くかかわりたくありません」

「こういう筋書きはどうじゃ。新手の盗賊が江戸を荒らし、町人どもが多数殺され、金銀が奪われても、腑抜けぞろいの町方は手をこまねいておるばかり。そこで、わしが差し出がましくも乗り出して、賊徒を成敗いたす。若年寄には袖の下を贈り、先手弓組の頭に復帰し、そこから火付盗賊改方に再任じゃ。そうして、さらに江戸に盗賊どもをはびこらせ、殺させ、犯させ、盗ませ、好き放題させた後、片っ端から懲らしめれば、わしの評判も高まり、やがては町奉行に抜擢されよう」

「たいそうご立派なご出世でございますなあ。殿様には守名《かみな》と町奉行所のお白洲がお似合いでございますよ」

「都鳥からくすねた金もそろそろ尽きる。まずは次の盗賊に暴れさせ、そこからくすねようと存ずる」

「なんと、よいお考えでございます」

「そこでいいなりになる盗賊を検討しておったところ、貴様から先月の仇討ちの一件を耳にして」

いきなり形相を変え、唐紙を睨む長七郎。

「だれじゃっ」

すうっと戸が開いて、顔を見せたのは明石屋治兵衛に化けた半次である。

「わああ。これはこれは、失礼をばいたしました。お殿様、お許しくださいませ」

「なんだ。貴様、明石屋ではないか。なにをしておる」

「申し訳ないことでございます。飲みすぎまして、厠《かわや》に行こうとして、あまりに広い立派なお屋敷ゆえ、つい迷子になってしまいました」

尿意に身をよじる半次。

「馬鹿めっ」

「いつも負けてばかり。今度こそ取り返したいと、今日も参上いたしました。だいぶお借りしておりまして、なんとかお返ししなければなりません。頭の中はそのことでいっぱいで、どうか、ご勘弁願います」

「返さなければ、どうなるかわかっておろうな」

「はい、明石屋の身代、店も土地も、すべてお引き渡しいたします」

「わしにではないぞ」

「はい、心得ております。勝五郎親分に」

「それでよい。晦日までに返せなければ、貴様の女房も勝五郎に差し出すのじゃぞ。わかっておるか」

「承知いたしております。おお、漏れそうでございます」

半次はさらに身をよじる。

「見苦しいのう。もうよい。行けっ」

「ご無礼つかまつりました」

第四章　昔の恋

一

「みんな、ご苦労さん。晦日《みそか》にはまだ間があるが、今日は一杯やりながら、今後のこと、相談しようじゃないか」

亀屋の二階に長屋の店子一同が集まり、席に着いた。上座に勘兵衛と半次、下座に弥太郎とお京と久助。あとはそれぞれ適当に座り、今夜は酒と小鉢の膳が置かれている。小鉢の中は奴豆腐《やっこ》。

「うわ、一杯やりながらですかい。奴ですね。ありがてえ」

半次が相好《そうごう》を崩す。

「いろんなことがわかってきた。長屋を探っている幇間の一件と徳さんのかかわった京橋の明石屋の一件。それがどうやら繋がっているようだ。そこでみんなの知恵を借りたい。三人寄れば文殊《もんじゅ》の知恵というが、なにしろここには十一人、どんな知恵が出るか楽しみだよ。じゃ、無礼講なんで手酌でやっておくれ」

「いただきまあす」

「あの、旦那様」

久助が言う。

「なんだい」

「十一人とおっしゃいましたが、店子のみなさんが九人、旦那様とで十人ですよね。あの、あたしも数に入れていただいているのでしょうか」

勘兵衛がにこり。

「久助、おまえも数に入っているよ」

「そうおっしゃっていただくと、うれしくて、身がひきしまる思いです」

「大家のわたしも含めて、ここにいるみんなは、お殿様の世直しのため隠密として選ばれた。力を合わせてひとつひとつ取り組んでいくが、みなの衆、久助も仲間として異存はないいね」

「もちろんですとも」

うなずく一同。

「だけど、久助さん」

半次が言う。

「みんな命がけだよ。おまえさんも仲間になるからには覚悟しておくれ」

「はいっ」

「では、みんな、飲みながら聞いてほしい。先月、ここの長屋の空き店を借りたいと訪ねてきた男がいたが、わたしは断った。浅草の幇間で銀八と名乗ったが、どうも胡《う》散臭《さんくさ》い。そこでお京さんに調べてもらった。住まいは今戸、三、四年前から吉原の茶屋に出ていたが、近頃ではお座敷もかからず、浅草で酒を飲んでいる。が、さして暮らしに困っているとも思えない。それがここ何日か、この長屋を探っており、わたしや熊さんや左内さんや二平さんの跡をつけまわしていた。それをまた、お京さんがつけていたのだが、この銀八、驚いたことに、本郷の旗本、池上長七郎の屋敷に入っていった」

ぽかんと口を開ける徳次郎。

「その銀八という幇間が、池上の屋敷に入ったんですか」

「そうよ、徳さん。あたしがこの目でしっかり見たわ」

お京に言われて、徳次郎は首を傾げる。

「いったいどういうわけでしょう。池上といえば、明石屋が入り浸っている賭場を開いている旗本ですよ。その幇間、博奕でも打つのかな」

「それについては、あっしが」

半次が言いかけたのを勘兵衛は制する。

「半ちゃん、その話はあとでゆっくり聞かせてもらおう。その前に、徳さんから明石屋のお峰のことを話してもらいたいので」

「へい、じゃあ、あっしは後にします。徳さん、どうぞ」

「うん、女の話だけど、半ちゃん、からかわないでおくれ」

「わかったよ」

徳次郎は語る。

「あたしがお屋敷勤めのときの不義の相手が京橋の明石屋の女房のお峰。そのいきさつは前にお話ししましたが」

徳次郎はここで大きく溜息をつく。

「一昨日《おととい》の夕暮れ前、つい足が京橋方面に向いてしまい、明石屋の前は避けて、三十間堀の紀伊国橋のところまで来ると、欄干から女が飛び込もうとしておりました。思わず抱きとめますと、これがお峰です」

「まあ」

お梅が顔をしかめる。

「放っておけず、蕎麦屋の小座敷で話を聞きました。むろん、お峰はあたしが不義の相手だった小姓とは知りません。以前、往来で見かけた顔のそっくりな小間物屋と思っており、隠密の正体はばれてはおりません。お峰の話では、亭主の博奕《ばくち》の借金を晦日までに返せなければ、店や土地ばかりか自分が博徒《ばくと》の妾《めかけ》にされると言うんです」

「なんと」

今度は左内が顔をしかめる。

「明石屋治兵衛、女房を博徒の妾にするとな。許せんのう」

「はい、博徒はお峰の実家にまで手を伸ばそうとしております。それで死ぬしかないと思い詰めたのでしょう。離縁しようにも、亭主は三下り半を書きません。そこで、あたしはお峰を鎌倉の縁切寺に逃がそうと思いましたが」

「うぇえ、徳さん、そこまで」

半次が首を振る。

「そいつはどうも、いけねえや」

「わかってるよ。そこで大家さんと玄信先生に相談したのさ。鎌倉は遠いし、手続きやなんかで江戸を出るのはとても無理だが、江戸にも尼寺はいくらでもある。匿《かくま》ってもらい、ほとぼりが冷めるまでおとなしく隠れていればいい。そうおっしゃっていただきました」

「大家さん」

お梅が勘兵衛に声をかける。

「なんだね」

「もう、お寺は決まったんですか」

「今、玄信先生と打ち合わせているところだが、なかなか手頃な尼寺が思いつかなくてね。下手《へた》なところだと、すぐに追い返されたり、明石屋に知らせが行ったり、法外な金を要求されたり、なかなか決まらないんだ」

「まだ決まってないのなら、あたしでよければ、心当たりがあるんですが」

「え、お梅さん」

勘兵衛が目を向ける。

「それはどういう」

「昔の知り合いが本所《ほんじょ》の尼寺の庵主《あんじゅ》さんなんですけど。心の広い人ですから、まず大丈夫ですよ。歳はあたしと同じくらいで」

「しかし、昔の知り合いとなると、おまえさんが奥医師の御新造だったこと、知っているのだろう」

「はい、それは知っておりますとも」

「おまえさんは今は長屋で産婆をしている。以前は名前もお梅さんじゃなかった」

「そうですね。お殿様の脈をとっていた夫が亡くなり、せがれともせがれの嫁ともしっくりいかなくなり、家を出奔しまして、せがれも嫁も口うるさい姑《しゅうとめ》がいなくなってほっとしてるんじゃないでしょうか。行くあてがない。そこで昔馴染みを頼って本所の荒井町《あらいちょう》にある尼寺、善寿庵《ぜんじゅあん》を訪ねました」

「それが心当たりの寺なんだね」

「一昨年の暮れから去年の春まで、お世話になっていたんです。世の中にはたいして未練はなく、いい歳ですし、このまま仏門に入るのもいいかと思案しているとき、お京さんが訪ねてきたのよね」

お京はうなずく。

「はい、あたしが探し当てました。奥医師をされているご子息からご家老に母が出奔したとの届けが出ておりまして、お梅さん、そのときは別のお名前でしたけど、医術の腕前が旦那様より評判との噂。これは使えるとご家老がおっしゃいまして、探索いたしましたら、本所の尼寺におられ」

「尼寺に隠れていたあたしを見つけだすなんて、お京さん、凄いわ。さすが生まれついての隠密ね」

「うふふ」

「それでご家老様に引き合わせていただき、お殿様に拝謁し、ご下命で長屋の産婆に生まれ変わりました」

「へへへ」

半次がうれしそうに笑う。

「産婆に生まれ変わるなんて、いい洒落《しゃれ》ですねえ」

勘兵衛も感心する。

「お梅さん。そういういきさつだったんだね。嫁と姑との確執は知っていたけど、そこまでの話、初めて聞いたよ」

「ですから、本所の善寿庵、明石屋のお峰さんを隠すのにうってつけと思いますが、いかがでしょう」

「それがいいわ」

お京も同意する。

「じゃあ、そこに決めよう。手配については、徳さんとお梅さんで打ち合わせておくれ」

「はい、大家さん、ありがとうございます。お梅さん、どうかよろしくお願いいたします」

頭を下げる徳次郎。

「しかし、どうであろう」

心配顔の左内。

「左内さん、なにか」

「うむ。徳次郎殿が明石屋の女房を連れ出し、本所の尼寺へ届けるのは、拙者もよい案と存ずる。が、ここの長屋は常に幇間の銀八が目を光らせておりましょう。そやつの目を盗んで、うまくいきますかな」

「はい、左内さんのおっしゃる通り。銀八はいつもここを見張ってますよ。それをまたあたしが見張ってるってことは、向こうは知りません。徳さん、決行はいつにします」

「そうですね。晦日も近いし、早いほうがいいので、雨が降ろうと明日にでも。いいですか、お梅さん」

　うなずくお梅。

「あたしはいつでもいいですよ」

「じゃ、明日に決行いたします」

「わかったわ。あたし、朝から今戸を見張ります。銀八がここまで来なければ、徳さんとお梅さんで京橋に行ってください。もし、銀八がここを見張るようでしたら、あたしがなんとかします」

「え、どうやって」

「ふふ、銀八がどうしてこの長屋に目をつけたか。そのわけがわかったからよ。半ちゃんのおかげで」

「へっへ」

　にやつく半次。

「お京さんに褒めてもらって、うれしいなあ」

　勘兵衛は一同を見渡す。

「銀八が池上の屋敷に入ったその日、中では賭場が立っていた。武家屋敷の中間部屋を博徒が借りて博奕をするのはよくあるが、池上の屋敷では遊び人や渡世人は寄せつけず、客は金離れのいい大店の主人たちで、一見の客はお断りだ。幇間の銀八は上客とも思えず、遊びに入ったわけではなかった。同じ日に弥太さんと半ちゃんが大店の商人に扮して屋敷を訪ねた。一見は入れないので、半ちゃんには常連の明石屋治兵衛に化けてもらった。弥太さんは連れの大店の若旦那という触れ込みでね。そこで半ちゃんが銀八の正体を探り当てたんだ。さ、半ちゃん、おまえさんの出番だよ」

上座の勘兵衛の横で半次が頭を下げる。

「では、ひとつ語らせていただきます」

あっしと弥太さんとふたり、本郷の池上の屋敷へまいりましたのは、昨夜の暮れ六つを過ぎておりました。あっしは明石屋治兵衛のいでたち、弥太さんは大店の若旦那、伊勢屋貫太郎と名乗りましたが、ありそうな名前ですから、向こうは気にしません。旗本屋敷の博奕は中間部屋と相場は決まっておりますが、この屋敷はそうじゃないんで。奥まったところに案内されました。あっしらを案内したのは池上家の中間か若党かと思えば、これがそうじゃなく、おそらくは勝五郎の三下《さんした》でございましょう。

通されたのは立派な座敷でして、すでに大店の旦那衆らしき客が十人はいましたか。盆茣蓙《ぼんござ》を囲んでの骰子《さいころ》博奕の最中。胴元の席にふんぞり返るようにして、勝五郎が酒を飲みながら座敷の中を見渡しております。

「おうっ、これはこれは、明石屋の旦那、久しゅうござんすねえ」

「親分、遊ばせてもらいますよ。こちらがね、あたしが懇意にしております日本橋の伊勢屋さんの若旦那、貫太郎さんです。貫太郎さん、こちらはここを取り仕切っておられる勝五郎親分だ」

「親分さんですか。お初にお目にかかります。伊勢屋の貫太郎と申します。どうぞよろしくお願いいたします」

「ほう、伊勢屋の若旦那、こちらこそ、どうぞよしなに。賭場はよくいらっしゃるんですか」

「ちょくちょく遊んでおりますが、こんな立派なお屋敷は初めてです」

「ほう、ちょくちょくと。それはようござんすねえ」

「親分、この貫太郎さん、けっこう遊び慣れてらっしゃいますよ」

というわけで、弥太さんを大店の若旦那に仕立てて、財布の金を駒札に交換し、丁半博奕の席に着きます。

肌脱ぎになった壺振り。伏せられた壺の中の骰子の目が丁か半かに客が駒札を賭けまして、当たれば張った分だけ貰えます。外れれば胴元のほうに取られる。貧乏寺でけちな博徒がやるときは、駒札一枚が十文からせいぜい百文。ところが、このお屋敷、駒一枚が一分、ということは小判一両で駒四枚。上客ばかりなので、一度に十枚ぐらい駒を張るのもいて、あっさり負けて二両二分、金を粗末にし溝に捨てるようなもんじゃないか、とあっしは思いました。

おそらく、一晩にひとりで十両や二十両、損する客がいるんでしょうが、みんな金持ちばかりだから、平気なんですね。はまって身代を擦り減らす明石屋のような男、他に何人もいるかもしれません。

客には上等の酒が振舞われます。これがやたらにうまいんです。つまり酔わせて金をどんどん出させる魂胆ですよ。

そうとわかっていながら、あっしはつい飲んじまった。打つより飲むほうがずっと好きなもんでね。

で、飲めば憚《はばか》りに行きたくなるのが人情です。だが、厠《かわや》がどこかと尋ねるわけにはいきません。明石屋治兵衛は常連で、何度もこの屋敷に通ってる。知らないわけがないんだ。で、座敷を出て、厠のありそうなところを探してうろうろ。

大きな屋敷、賭場の立つ座敷には人が大勢いるのに、長い廊下に若党もだれもいません。で、ある座敷の中で大きな声で話してるやつがいる。そっと聞いてみると、どうやら当主の池上長七郎が飲みながら、下世話な町人としゃべってる。聞き耳を立てておりますと、相手は幇間の銀八とわかりました。

へへ、ここからが大事なところ。

池上は北町奉行柳田河内守のせいで火付盗賊改方をお役御免となり、先手組組頭も解任となった。そこで元盗賊都鳥の孫右衛門の手下だった銀八を使って、河内守の弱みを探っていた。銀八は都鳥を裏切って、池上の手先になったんですね。銀八が河内守を探り、津ノ国屋を探るうち、ここの勘兵衛長屋にいきついた。

河内守は切腹、津ノ国屋は獄門になりましたが、その後も銀八がここを探っていたのは、どうやら池上長七郎、あっしらの隠密長屋を盗っ人長屋と思い込んで目をつけたようです。池上はまた大きな手柄を立てて火付盗賊改方に返り咲き、さらには町奉行職も狙っております。そのため、江戸で盗賊を多数暴れさせ、殺させ、盗ませ、自分で取り押さえて手柄にしようとの魂胆。

そこまで聞いたら、気づかれちゃった。

厠に行こうとして酔って迷子になりました。頭を下げて退散。ようやく厠を探しあてて、用を足しましたが、漏れる寸前でした。ああ、危なかった。

「半ちゃん、よく我慢できたわね」

お梅が心配そうに言う。

「はい、お梅さん、危なかったよ。廊下でしゃあしゃあやっちゃ、狼藉者めと斬り捨てられたかもしれないいや。長七郎と銀八の大声の内緒話が聞けたのは怪我の巧名でしようかねえ」

「怪我の巧名か。放尿でなくてよかったな、半ちゃん」

「いやだな。先生まで洒落《しゃれ》を言って」

徳次郎が不安顔。

「半ちゃん、よくばれなかったね。明石屋治兵衛は下戸《げこ》で、酒はほとんど飲めないいんだよ」

「ええっ、そうだったのか。そいつはしまった。でも、向こうは気にしてなかったみたいだぜ」

「なら、大丈夫だね」

「さて、みんな」

勘兵衛が言う。

「半ちゃんが池上の屋敷で耳寄りな話を仕入れてくれた。わたしは銀八が公儀の隠密か、あるいは町方の隠密廻同心がこちらの動きを探っていると考えていたが、どうやらそうではなく、元火付盗賊改方の手先であるらしい。しかも、われらを盗賊一味と勘ぐっているようだ。だが、もう少し裏付けがほしい。そこで弥太さんにはしばらく大店の若旦那を続けて、池上の屋敷に通ってもらう。いいかな弥太さん。顔が繋がったので、ひとりで大丈夫だろう」

「はい。初日に一晩で十両勝ちました」

「うわあ」

　驚く一同。

「すごいねえ。やっぱり弥太さん、博奕の名人だ。あっしは五両負けて、すっからかんになりました。役が明石屋治兵衛だから、はまり役でしたがね」

　弥太郎はうなずく。

「半次さんの治兵衛、ほんとに適役でしたね。でも、あたしが勝ったのは初回だったからですよ。わざと勝たされたんじゃないかと思います。初めての客は勝てばうれしくて、どんどん通うでしょ。あとは負けが続きます。でも最初に勝った思いが忘れられなくて、深みにはまり、元も子も無くす。それが博奕のからくりですよ」

「じゃ、次からは勝てないかもしれないが、弥太さん、客として、屋敷の様子、長七郎がどう動くか、忍びの技で探索を頼むよ」

「かしこまりました」

二

まだ梅雨は明けていないが、天候は降ったりやんだりの繰り返しである。今日は朝から晴れており、お京はお梅の髪を素早く結ったあと、今戸に向かい、銀八の長屋を見張った。

銀八が池上の屋敷に入っていった同じ日に、半次と弥太郎が博奕の客に扮して屋敷に入り込んでいたなんて。しかも半次がたまたま奥座敷で池上長七郎と銀八の話しているのを耳にしたなんて。半ちゃん、忍び裸足《はだし》だわ。

おかげで銀八の正体がわかった。元は盗賊都鳥の孫右衛門一味でありながら、火盗改に寝返り、捕縛に力を貸し、池上がお役御免になってからも、手先として働いていたのだ。そして、去年の津ノ国屋の一件と先月の日本堤の仇討《あだう》ちの一件から田所町の長屋に目をつけた。これもまた、隠密裸足。

おそらく盗っ人の中でも手荒な殺傷役ではなく、豪商の内情を探ったり、見張ったりする役目だったのだろう。こそ泥が名のある大物の盗賊一味に加えられ、喜んでいたのが、火付盗賊改方に捕らえられて、仲間の隠れ家の寺を白状し、命を助けられて狗になる。義理も仁義もない。

町方の手先の中にも博徒や無法者がけっこう多いが、さすがに元盗賊というのは火盗改らしい狗の使い方だ。銀八は左内さんに気配を読まれたらしいが、大家の勘兵衛さんや熊さんに気づかれずに跡をつけたのは、なかなかやるわね。

お京はずっと銀八をつけまわしているが、決して追跡を見破られることはない。そこが忍びとこそ泥との違いだと自負している。

昼近くに今戸の長屋から出てきた銀八、いつも通り観音様に参詣し、いつもの花川戸の居酒屋に入った。いつもはここでずっと飲んでいることが多いが、このところ、飲むのはせいぜい茶碗酒を一杯だけ。飯を食って外へ出てきた。空を見上げて、天候の様子でもたしかめているのか。御蔵前から両国に出て、本町通りから田所町のあたりまで。今日も勘兵衛長屋をうかがっている。

この時刻なら、すでに徳次郎とお梅は長屋を出ているので、心配はない。絵草紙屋の亀屋のほうを横目で見ながら行ったり来たりしている割には、さほど目立たない。目立たないのは、少しは素質もあるのだろう。

さて、そろそろお近づきになってもいい頃合いだ。

ぶらぶら歩いている銀八にお京は正面から近づいた。すれ違い様、ちらりと視線を走らせる。銀八は気づいただろうが、素知らぬ顔で通り過ぎた。

「ちょいと」

お京は足を止めて声をかける。

はっとしたように振り向く銀八。

「吉原の銀八さんじゃないかい」

「はあ」

銀八は驚いた風に首を傾げる。

「ええっと、どちら様でしたかな」

「あら、あたしよ。吉原で芸者のねえさん方の髪を結ってる」

「おやおやっ」

膝を叩く銀八。

「あなたでしたか。お京さんですよね」

「あたしの名前、覚えてくれてたの」

銀八は大きくうなずく。

「へへ、どうもお見それしやして、すいませんねえ」

「珍しいところで会うもんだわね。銀八さん、おまえさん、たしか住まいは浅草だったろ」

「へい、さようでござんす」

「なんで、このあたり、歩いてんのよ」

「今日はお天気がようございましょう。このところ、雨が多くてむしゃくしゃしてたんですが、久しぶりのお天道様《てんとさま》。うれしくて、ついふらふらと歩いておりましたら、ここまで来ちゃった」

「ふうん、そうなのかい」

「ねえさんは、なにゆえこのあたりをお歩きですかな」

「だって、あたし、住んでるのよ」

「へええ、お住まいでしたか。けっこうな町内でございますなあ。で、いずこにお住まいで」

お京は指で指し示す。

「すぐそこ。勘兵衛長屋」

「はあ、さようで」

「知らなかったの」

「お京さんのお住まい、あたくしごときが知るよしもござんせん」

「あたし、このごろ、ちょくちょくおまえさんを見かけるわ」

はっとする銀八。

「さようでございますか。近頃、旦那をしくじりまして、あんまり吉原界隈に出没いたしませんが、そんなあたくしを見かけてくださったとは、恐悦至極」

「吉原じゃないわよ。おまえさんをよく見るのは」

「ははあ、浅草でござんしょうか。あたくし、毎日、観音様にお参りを欠かしておりませんから」

「あら、信心深いのねえ」

「浮草稼業の芸人、運を神様仏様に委《ゆだ》ねるほかにございませんからねえ」

「だけどね、銀八さん。あたしがおまえさんをちょくちょく見かけるのは、吉原でもなく、浅草でもないのよ」

「おや、どちらでござんしょう」

「それがこの町内」

「へえええ」

大げさに驚く銀八。

「なに驚いてんのよ。ほんとの話」

「いやあ」

銀八は扇子《せんす》で額《ひたい》をぽんと打つ。

「あたくしとしたことが、お京さんのお目にとまっていたとは、ああ、恥ずかしゅうございます」

「なに恥ずかしがってんのよ。おまえさん、この町内をしょっちゅううろうろしてるでしょ。なんかわけでもあるの」

「ああ、面目ない。実を申しますと、わけがございます」

「なんなのよ」

「恥ずかしすぎて申せません」

「なによっ。言いなさい」

「うーん」

唸る銀八。

「あなたにだけは、口が裂けても言いたくありません」

お京は恐ろしい形相で睨みつける。

「どうしても、言わないか」

「ああん、困った。言います、言います。弱ったな、どうも」

「さ、全部吐き出して、すっきりおし」

「あたくし、吉原のお座敷にはちょくちょく出ておりました。そのとき、あるお方に一目惚れ、恋の病《やまい》となりまして」

「まあ、吉原の花魁《おいらん》に」

「花魁、高嶺の花の大名道具、あたくし風情には手が届きませんし、端《はな》からそんな高望みはいたしません」

「じゃ、少し下げて、芸者のねえさんに」

「芸者のねえさん方、みなさん、あたくしを可愛がってくださいます。でも、あたくしこれでも男芸者。同業に恋はできません」

「じゃ、だれよ。おまえさんの惚れた相手」

「ねえさん、どうか笑わないでお聞きくださいまし」

「笑ったりしないわよ」

「じゃあ、申し上げます。あたくしの思いを寄せる相手とは、お京さん、あなたでございます」

「まあ、ふっふっふ」

　あまりの馬鹿馬鹿しさに思わず笑うお京。

「お京さん、いやですよう。笑わないって言ったのに」

「勘弁しとくれ。銀八さん。それじゃ、おまえさん、あたしの顔が見たくて、しょっちゅうこの界隈をうろちょろしてたのかい」

「ご明察。さようでございますとも」

「なんだい。じゃ、あたしの住んでるのが勘兵衛長屋だって、知ってたんだね。知ってとぼけたのかい」

「はい、お恥ずかしい。それで、長屋の周りをうろうろしておりました」

「すれ違ったときも、知らん顔してたじゃないか」

「あまりに胸がときめいて、とてもまともにお顔が拝めず。どうかお許しくださいませ」

　幇間だけあって、うまいことを言う。

「許すも許さないもないわよ。おまえさんにそこまで思われるなんて、女冥利に尽きるわ」

「さようでございますか」

「おまえさん、吉原で天女のような花魁に囲まれ、芸者衆に可愛がられているのに、好き好んで地味な髪結のあたしなんかに」

「そこがあなたの際立ったところ。花魁にしろ芸者のねえさん方にしろ、みなさん厚く化粧を塗りたくり着物も着飾ってらっしゃいますが、お京さん、あなたは塗りたくらず着飾らずとも地がお美しいのです」

「まあ、本気なの」

「天地神明に誓って、本心でございます」

「おまえさんは幇間で人気商売だから、あたしは前から顔も名前も知ってるけど」

「ありがとう存じます」

「おまえさん、なんであたしの名前を知ってるの。こうして口利くのは初めてじゃなかったかしら」

はっとする銀八。

「ああ、そうでございました。お初にお目にかかります」

「いい加減な男だねえ。じゃ、一目惚れってのはなんだい。いつからあたしを知ってるのさ」

「ひと月ほど前でしたか、お京さん、田町《たまち》の置屋さんでねえさん方の髪を結ってらしたでしょ。あたし、そこに立ち寄り、おかみさんと挨拶していて、あ、いい女だなあと思って、おかみさんにそっと名前を尋ねましたら、教えてもらった名前がお京さん。それから寝ても覚めても、あなたの顔が浮かんで、あなたの住まいを調べたら、ここ田所町とわかり、ぶらぶらとさまよっておりました次第」

「そうだったのかい」

　大きく溜息をつくお京。

「そこまで思ってもらうと、あたしも悪い気はしない。銀さんて呼んでもいいかい」

「銀さんであろうと、銀の字であろうと、お心のままにお呼びくださいまし」

「おまえさんさえよければ、お近づきのしるしに、そこらで一杯やろうじゃないか。いける口なんだろ」

「ほんとでございますか。ああ、うれしい。飲むほうはいくらでも大好きでして」

　お京は銀八を誘い、藤屋に入る。まだ明るくて客はいないが、暖簾《のれん》は出ているので、くぐると、おきんが目を丸くする。

「いらっしゃい」

「やってるかしら」

「どうぞ、どうぞ。そちらの席へ」

注文して、座敷の隅へ座り、すぐに酒が出てきたので、盃を交わす。

「あたくし、観音様に日参して、御利益がありました」

「そうなの」

「はい、念願のお京さんとこうして盃を交わせるなんて、もうなにがどうなってもようござんす」

「岩をも通すってやつね。あたし、ほだされちゃった。他に好きな男もいないし、もういい年増だし」

「なにをおっしゃいます。まだまだお若いですのに」

「そりゃ、こんな稼業してるから、若作りはしてるけど、銀さん、おまえさん、あたしのほんとの歳を知ったら、嫌いになるんじゃないかしら」

「滅相もない」

「じゃあ、あたし、いくつに見える」

「そうですねえ。十八、いや十九ですか」

お京は銀八を睨みつける。

「おまえさん、あたしを馬鹿にしてるの。そんな小娘のわけないじゃない」

「失礼しました。うーん、そうですね。二十五、六ってとこかなあ」

「もっと上よ」

「もっと上ですか。二十七」

首を横に振るお京。

「二十八」

「まだまだ」

「三十ですか」

「なんで、二十九を飛ばすの」

「ええっ。じゃあ、二十九」

「ふふ、馬鹿ね。ほんとは三十過ぎよ」

「ひえええ、絶対に見えません」

「あたしのこと、嫌いになった」

「とんでもない。三十でも四十でも、あたくし、ぞっこんでございます」

「うれしいわ。じゃ、もうひとつ、隠してることがあるの」

「なんでございましょう」

「でも、これを聞いたら、おまえさん、あたしのこと、いやになるに決まってる」

「そんなことありませんよう」

「じゃあ、言うけど、女髪結は世を忍ぶ仮の姿」

「え」

「あたしの本業、聞いて驚くわよ」

「お聞かせ願います」

「大きな声じゃ言えないけど、盗っ人なの」

徳次郎は昼近く、お梅と示し合わせ、一足先に長屋を出た。銀八がこちらを探っている様子はないようだ。

小間物の荷を担いで、京橋を渡り、尾張町の明石屋の裏口近くをうろうろする。

「あらっ」

以前雨宿りをさせてくれた年増の女中が裏口から顔を出し、徳次郎に気づいたようだ。

「この間の小間物屋さんね」

「こりゃ、ねえさん、いつぞやはありがとう存じます」

「あれからお見限りじゃないの」

「いいえ、忘れちゃおりませんよ。あっちこっち回ってるもんですから」

「おまえさん、いい男だから、引く手あまたなんでしょ」

　徳次郎は年増の女中に近づき、そっと紅の器を手渡す。

「なあに」

「こないだのお礼ですよ。どうです。また、みなさんにお品をお見せしたいんですが、お店、お忙しいんでしょうかねえ」

「いいえ、そうでもないわ。ちょいとねえ」

「なんです」

　女中はちょっと暗い顔をする。おそらく、店の行く末を案じているのだろう。

「ううん、なんでもない。お昼は過ぎたし、ちょうどいいわ。台所へお寄りなさいな」

「いいんですか」

「いいのよ」

　すんなり台所に入り込み、品物を並べたので、女中たちがうれしそうにぞろぞろと集まってくる。

「あら、この前の人ね」

「毎度、どうも。今日もお安くしておきますよ」

女たちが物色していると、お峰が顔を出す。

「なんなの、あんたたち」

「あ、おかみさん、この小間物屋さんが通りかかったんで、ちょっとお昼休みにみんなで見せてもらってたんですけど。よろしいでしょうか」

「あ、そう」

徳次郎はお峰に頭を下げる。

「こちらのおかみさんですか。小間物屋の徳次郎と申します。お忙しいのにお邪魔して申し訳ないです」

お峰は小間物を眺めながら、ちらっと徳次郎の顔を見る。

「かまいませんよ。小間物屋さん、いろいろ揃ってるじゃない。あたしもなにかいただこうかしら」

「ありがとうございます。そちらのねえさんに先日雨宿りをさせていただきまして、そうだなあ。今日は全部、どれでも半値にいたしますよ」

「まあ、うれしい」

女たちは大喜び。

「いいんですか。小間物屋さん、全部半値なんて」

お峰が心配そうに言う。

「いいんですよ。今日は特別にいいことのある日なんで」

徳次郎はお峰を見つめ、にやっと笑う。

「へえ、いいことがあるんですか」

「はい、特別に」

「わかりました。それで半値なのね。みんな、好きなのを選びなさい。あたしが買ったげる」

「わあ、おかみさん、うれしい」

女中たち、小間物に殺到する。

「あら、この櫛《くし》、いいわねえ。でも高いんでしょ」

「ねえさん、お目が高いね。いつもはこれぐらいですが」

徳次郎は指で値段を示す。

「今日は半値なんで、これぐらい」

「おかみさん、あたし、この櫛、いいでしょうか」

「いいわよ。みんな、櫛でも簪《かんざし》でも、値段は気にしないで、好きなのを選びなさい。ただし、ひとりひとつだけね」

「わあ」

女中たち、それぞれ気に入りの品を選び終えたので、ささっと片付ける徳次郎をお峰が手招きする。

「小間物屋さん、お代のことなんだけど、ちょいと」

「はい」

お峰は小声で問う。

「いかほど」

徳次郎は小声で答える。

「準備はできました。すぐに、蕎麦屋でお待ちします」

「わかりました。それでいいわ」

「毎度どうも」


裏口から出た徳次郎が蕎麦屋の前まで来ると、店先に空の辻駕籠が二挺止まっていて、暖簾をくぐると、店内で四人の駕籠かきが蕎麦を食っている。

「いらっしゃい」

女中が頭を下げる。

「こんにちは。ねえさん、連れが来ているはずなんだが」

「お連れさんですか」

奥の小座敷の障子がすうっと開いて、お梅が声をかける。

「徳さん、こっちですよ」

「あ、どうも」

徳次郎は小座敷にあがりながら、女中に言う。

「あと、もうひとり来るからね」

すっと袖に小銭を滑り込ませる。

「蕎麦を頼むよ」

「はあい」

障子を閉めて、お梅を見る。いつもの長屋の婆さんではない。髪も身なりも武家のご隠居といったところ。堂々としたものである。

「見違えましたよ、お梅さん」

「徳さん、今日はその名前はよしとくれ」

「はあ」

「松平家奥医師の後家、福《ふく》と申します。でないと善寿庵で通りませんから」

「なるほど、長屋のお梅さんではなく、お福さんとおっしゃるのですね」

「昔の名前です」

「それで身なりも」

「髪もお京さんに結ってもらったの。で、明石屋のおかみさんは」

「間もなくここへ来ると思います」

「お昼は済ませたのかしら」

「さっき明石屋の台所で昼の片づけは済んでいました。お梅さん、いやお福様、こちらはすぐにわかりましたか」

「はい、人形町から駕籠で来ました」

納得してうなずく徳次郎。

「店先に止まっているのが、そうですね」

「はい、本所は遠いですし、人目もありますから、駕籠でまいります。駕籠屋さんに申しつけて、この近所からもう一挺、お峰さんの駕籠も手配してもらいました」

それで二挺の駕籠が止めてあるのか。駕籠屋の蕎麦代も酒手のうちだな。手回しがいいや。

「お待ちどおさま」

蕎麦を運んできた女中にお梅が声をかける。

「お女中、もう一枚いただきたいが、よろしいですかな」

「かしこまりました」

女中が去るとお梅はにやり。

「徳さん、このお店、おいしいわね」

「はい、今度、半ちゃんに教えてやろうと思いながら、つい忘れちゃって」

障子の向こうから女中の声がかかる。

「お連れ様がお見えになりました」

徳次郎が障子を開けると、お峰が立っている。

「おかみさん、お待ちしておりました。こちらへどうぞ」

「はい、失礼いたします」

お峰が小座敷に入ると、女中がお梅の注文した蕎麦を差し出す。

「ありがとう」

さっと受け取り、障子を閉める徳次郎。

「お峰さん、こちらはお福様とおっしゃいます。あなたを尼寺までご案内くださいます」

「さようでございますか。峰と申します。このたびはご面倒をおかけいたします。どうぞよろしくお頼み申します」

「はい、福と申します。お峰さん、荷物はないのですか」

「余計なものを持ち出したりすれば、亭主に怪しまれます。なんの未練もございませんので、手文庫からわずかの金子《きんす》のみ、あとは身ひとつでまいります」

「それはよいお心がけです。あなた、お蕎麦は召し上がりませんか」

「いいえ、さきほどお昼は済ませたばかりでございます」

「わたくしが徳次郎さんの頼みを聞いて、あなたをご案内しますが、わたくしの素性や徳次郎さんとの間柄は詳しく申せません」

「承知いたしました」

「行き先は本所の尼寺ですが、よろしいですね」

「すべて徳次郎さんにお任せしてあります。今の暮らしと縁が切れるのなら、どこへでもまいります」

蕎麦をきれいに食べ終えて、徳次郎が勘定を支払い、女ふたりは駕籠に乗る。

二挺の駕籠は北へと進み、小間物の荷を担いだ徳次郎が足早に続く。京橋を渡り、日本橋を渡り、本町通りから両国に出て、大川を渡り、川沿いに北に進むと武家地と寺社地と町が入り組んだ荒井町。

小さな寺の前で駕籠は止まる。駕籠から出るお梅とお峰。徳次郎は駕籠賃に酒手を足して、駕籠かきに渡す。

「ご苦労様」

「こりゃどうも、ありがとうござんす」

二挺の駕籠は去っていく。

門を入ると、庭を掃いていた若い尼僧がぺこりと頭を下げた。

「春英《しゅんえい》さん、こんにちは。久しゅうございますね」

「あ、お福様。ようこそ」

「庵主様はいらっしゃいますか。ちとお願いの筋がありまして」

「さようでございますか」

春英と呼ばれた尼僧はお峰と徳次郎を見て、頭を下げたので、ふたりも会釈を返す。

「どうぞ、こちらへ」

三人は寺内の庭に面した線香と花の香が漂う一間に通される。

「しばらくお待ちくださいませ」

「ここは男子禁制ではないのですね」

尼僧が出ていったので徳次郎が言う。

「はい、庵主様のお人柄、厳しい戒律はありませんよ。居心地がよくて、わたくしもしばらくの間、お世話になっておりました」

唐紙が開いて、お梅と同世代の尼僧が姿を見せる。

「おお、これはこれは、お福様。ようこそおいでなさいました」

「庵主様、お久しゅうございます」

三

本郷の池上の屋敷では今夜も賑やかに賭場が立っている。ひっそりとした奥座敷で長七郎の前に頭を下げている銀八。

「それはまことか」

「はい、殿様。いやはや、田所町の勘兵衛長屋。殿様のご推察通り、盗っ人長屋でございました。昨年の八月から、盗賊一味が花のお江戸の真ん中を根城にしております」

「名のある賊徒なのか」

「はあ、一味のお京という女、普段は女髪結をしておりますが、これがなかなかの別嬪、うまく口説いて取り入り、いろいろと話を引き出しました」

「おお、幇間だけあって、口先ひとつで取り入るのが巧みじゃのう」

「芸はなくとも、お追従は得意。いっしょに居酒屋に入りまして、さらに飲みながら、持ち上げますと、とうとう自分から盗っ人でも嫌わないで、なんて甘えた声を出しました」

苦笑する長七郎。

「貴様の惚気《のろけ》など聞きとうないわ。で、一味の素性は」

「はい、長屋の大家勘兵衛が首領をしており、奥羽《おうう》方面を荒らしていたそうで、異名が月ノ輪《つきのわ》勘兵衛。あたくしは初めて耳にする名前でございます。月ノ輪一味の者ども、みんな市井《しせい》の職人や小商人に身をやつしており、大仕事に備えておる様子。浪人は剣の名手で瞬時に何人でも斬り殺し、大男は力持ちで素手で相手を倒します。あとの連中もそれぞれ盗みの腕は立つそうでございますよ」

「でかしたぞ、銀八。そやつらをうまく使う思案はできておるのじゃ」

「さようでございますか。どのように」

「月ノ輪一味に江戸で大暴れしてもらう。商家を襲い、主人も奉公人も女子供まで皆殺し、金銀を奪って、盗っ人長屋に潜伏しているところを、わしがかつての配下に声をかけ、一味を一網打尽にする。逆らう者どもは斬って捨てる」

「ははあ、それはよろしゅうございますなあ。殿様、お見事。では、うまい話を持ちかけて、いずれかの大店に押し込ませるんですね。あたくしがお京に折り合いをつけましょう」

「そんな面倒はいらん。もっとよい手がある」

「殿様、お呼びでございますか」

唐紙の向こうで声がする。

「うむ。入れ」

戸が開いて、勝五郎が姿を見せる。

「近うまいれ」

「ははっ」

「どうじゃ、準備は進んでおるか」

「はい、命知らずがあっしと子分を入れて、十人ばかり」

「よし、決めたぞ」

長七郎はほくそ笑む。

「その者どもで大店に押し込むのじゃ。手当たり次第に殺して、金を奪う。女も好きにしてよいぞ」

「おお、とうとう決行でございますね。はい、どこを狙いましょうか」

「さほど大きな身代でなくともよい。大きければ奉公人も多く備えが厳重でやりにくかろう。賑やかな町場よりも山手が静かで周囲に見咎められずに済む。手頃な大店ならどこでもかまわぬ」

考え込む勝五郎。

「殿様、赤坂の山崎屋はいかがでございましょう」

「山崎屋」

「京橋の明石屋の女房の里でございます」

「おお、借金を抱えた明石屋の舅《しゅうと》か」

「大名相手の経師屋でございますよ。明石屋治兵衛の借金は日に日に利息が膨れあがり、晦日には三千両になります」

長七郎はにやり。

「法外な利息じゃのう」

「博奕の借金はそんなもの。負けて払えなければ、簀巻《すま》きにされて大川に叩き込まれても文句は言えません。借りれば高利貸し顔負けの利がつきます。間もなく京橋の扇屋はこちらのもの」

「明石屋の女房は貴様のものか」

「へっへっへ。老舗の大店、店と土地だけでも三千両の何倍も値打ちがあります。それが晦日に殿様のものになりますぜ。骰子博奕も馬鹿にできませんや。ですが、舅の山崎屋が治兵衛に泣きつかれて、娘のために三千両、治兵衛に用立てるかもしれません。治兵衛はちょくちょく山崎屋に行ってるようですから」

「山崎屋にそんな大金、出せるのか」

「出せるか、出せないか、そこまではわかりませんが、大名相手の老舗の経師屋、出せれば、京橋の扇屋はこちらの手には入りません」

「三千両はこちらの儲けになるが、店も女も手に入らぬのは惜しいのう」

「今、山崎屋は娘のために金策をしているかもしれません。ならば、少しは金があるはずです。赤坂は寂しい町ですし、人目につかずに押し込めましょう。山崎屋が押し込みに襲われ潰れれば、明石屋も借金が返せません」

「よしっ。そこがよいであろう」

「手筈はいかがいたしましょう」

「決して正体を見せてはならぬ。無法の者ども、殺しは厭わぬであろうな」

「血の気の多い極道揃い、凶状持ちの渡世人もおり、切った張ったはお手の物。相手が腑抜けたお店者なら喜んで血の雨を降らせますよ」

「女は好きにしてよいが、できるだけ殺せ。情けは無用じゃ」

「わかっております」

「盗みについては、この銀八が慣れておるので、同行いたす。よいな、銀八」

畳に額をすりつける銀八。

「ははあ、かしこまりましてございまする。あたくし、殺したり犯したり、むごたらしいのは苦手《にがて》でございますので、そっちは勝五郎親分とみなさんにお任せして、金のありかを探り出します。たいていはどこになにがあるか心得ておりますので」

「勝五郎、盗んだ金もみなで好きなように分けるがよい。わしは要らん」

感激する勝五郎。

「おお、おお、殿様。なんて慈悲深い。さようでございますか。そいつはありがてえ。みんなも喜びますぜ。で、決行はいつにいたしましょう」

「そうじゃな。梅雨もそろそろ明ける。闇夜に近い晦日の前日、二十九日がよかろう」

「晦日の前日なら、晴れても真っ暗闇でございますな」

「黒装束で覆面も用意いたせ。このこと、決して漏らすでないぞ」

「今はあっしのところにみんな身を寄せております。忠臣蔵にあやかって本懐を遂げるまでは他言無用と固く言い聞かせます」

「それがよいぞ。心いたせ」

「ひとつ、あたくしから、よろしゅうございますか」

銀八が長七郎の顔色をうかがう。

「なんじゃ」

「親分が集めた渡世人のみなさん、本職の盗っ人じゃありませんよね」

「うん、札付きの極道ですぜ」

「盗っ人はみんな手際よく、盗みます。殺したり犯したりで手間取ると、騒ぎを聞きつけて、人が集まれば厄介です。みなさん、黒装束で覆面なら顔を見られる心配はないので、皆殺しにこだわらなくていいんじゃないですか。手当たり次第に殺して、あとはひとりやふたり生かしておいても、かえって盗っ人に入られたという生き証人になりましょう」

「銀八、よくぞ申した。褒めてつかわす。盗賊都鳥の仲間であっただけのことはあるな」

「畏れ入りまする」

「勝五郎、皆殺しにこだわらなくても、よい。なるべく手間取らずに盗み、何人か殺して、さっと引き上げたほうがよいぞ」

「はい、では盗みと殺し、思う存分にやらせていただきますが、さっと引き上げます。その後、御用になることはございませんでしょうな」

「その場で町方に踏み込まれぬ限り、大丈夫じゃ。今の町方は手ぬるいゆえ、安心いたせ。赤坂での凶行は翌日には大騒ぎになるであろう。すぐさま、わしが元の配下とともに盗っ人の根城を襲い、賊徒どもを捕らえる。刃向かう者は討ち取り、捕らえた者はここで首をはねる。ひとり残らず皆殺しじゃ」

「え、その場で御用にならず、皆殺し。それはいやですよう」

勝五郎は首を振る。

「馬鹿を申すな。貴様らを捕らえたり殺したりはいたさぬ」

「へえ、では、どのような筋書きでしょうか」

「諸国をまたにかけ奥羽で名を売っておった月ノ輪一味が、今、江戸に潜伏しておる。

そのことが銀八の調べでわかった。この者どもに赤坂での罪を被《かぶ》せれば、貴様らは安泰、わしは大手柄となろう」

「いよっ、さすがは殿様」

銀八は扇子をぱっと開く。

「日本一《ひのもと》」

「うーん」

亀屋の二階で勘兵衛は唸る。

「なるほどなあ。池上長七郎、そこまでして火盗改に返り咲きたいのか。弥太さん、お京さん、ご苦労だったね」

勘兵衛の横に忍びの弥太郎とお京が控えている。

「池上の屋敷、備えはすかすかですよ。元火盗改の役宅にもなったというのに、四百石にしては家来の数も少なく、妻女も女中もおりません。無頼の博徒が出入りするので、逃げ出したんでしょうね。賭場の客がうろうろしても見咎められず、どこにでもそっと忍び込めます。おかげで悪事の企み、探り放題でございました」

「なるほどなあ。無役で小普請、博奕の胴元、旗本も地に落ちたもんだ」

「あたし、悔しいわ」

お京が顔をしかめる。

「あの銀八、あたしをうまいこと口説いたなんて、長七郎に自慢してたのね。だれがあんなやつに」

「いいじゃない、お京さん、おかげで、向こうはこっちが盗っ人長屋だと信じ込んだんだもの」

「その通りだよ。わたしが月ノ輪の勘兵衛とは、お京さん、うまい異名を思いついたね」

「ぱっと浮かびました」

にやりとするお京。

「うむ。それにしても、池上長七郎、許せないな。なんの罪もない商家を襲って、大勢殺して、それを手柄に出世しようなんて、とんでもない極悪人だ。そんな男が江戸の町を守る町奉行のお役を狙っているとは、世も末だね」

「しかも、あたしたちをお縄にしようってんですからね」

「今月二十九日に決行となれば、わたしたちもそれに合わせて準備しなくてはね。まずは井筒屋さんを通じて、さっそくお殿様にご報告だ」

柳橋《やなぎばし》の茶屋で四人が密会していた。

座敷の上座にはお忍びの老中松平若狭介、その脇に松平家江戸家老の田島半太夫、下座には井筒屋作左衛門と勘兵衛が平伏している。

若狭介が声をかける。

「勘兵衛よ。元火付盗賊改方の企み、よくぞ調べた」

「畏れ入ります。昨年の秋よりわれら隠密一同、殿のお指図で働いてまいりました。先月より長屋を嗅ぎまわる者あり、もしや、公儀の隠密か町方の隠密廻かと危惧いたし、こちらより探りを入れましたところ、この者、浅草の銀八と申し、幇間を生業《なりわい》といたしております」

うなずく若狭介。

「その銀八なる者が、元火付盗賊改方の手先であったのじゃな」

「しかも、四年前に江戸を荒らした凶盗、都鳥の孫右衛門一味であり、火盗改に寝返った者であります」

「ふふふ」

若狭介が笑う。

「勘兵衛、長屋の正体が公儀に発覚すれば一大事であるが、元火盗改の手先から賊徒と思われるとは」

「池上長七郎は今、博徒を使い、博奕の胴元となっておりますが、それに飽き足らず、火盗改に返り咲き、将来は町奉行を目指しております」

「愚かな。民の安寧を守るべき火盗改が、正義よりも出世を目指し、悪事を企むとは、捨て置けぬ。いかがいたそうかのう」

「池上が博徒を使い集めました無法者ども、二十九日に赤坂の商家、山崎屋に押し入りまする。おそらくは主人も家族も奉公人も皆殺しにし、金を盗む所存でございましょう。その罪を長屋のわれわれに被せ、捕縛せんと企んでおります」

「笑止《しょうし》な」

若狭介は言葉を吐き捨てる。

「殿」

横に控える半太夫が言う。

「申し上げます。その赤坂の山崎屋、昨年まで当家の奥に奉公しておりました小波の親元でございます」

「うむ。憶えておる。小姓と不義をいたした女中じゃな」

「その小姓が今は長屋で隠密でございます」

「それも存じておる」

勘兵衛が言う。

「今の名は徳次郎と申し、このたびの探索にも役立っております。女は親元から商家に嫁ぎましたが、今は本所の尼寺におりまする」

「さようか。山崎屋は小波の親元なのじゃな。勘兵衛、二十九日の襲撃はなんとしてでも防がねばならぬ」

「はい」

「なにか思案はあるか」

「ははっ、無法者ども、無防備な商家を襲う心積もりでありましょう。押し入るのを待ち伏せし、われらで取り押さえまする。なるべく殺さず、ひとり残らず、町方へ引き連れまする」

「今月は北の月番じゃな。坂口伊予守にそれとなく耳打ちしておこう」

「ははあ、どうぞよしなに」

「殿、池上は元配下とともに田所町の勘兵衛長屋に踏み込もうと企んでおります。月ノ輪一味の捕縛と称して」

作左衛門が心配そうに言う。

「そうであったな。山崎屋の襲撃には自ら直《じか》にはかかわらず、元配下と長屋を襲うとは、悪賢いやつめ。そうはさせぬ。池上長七郎の弱み、それは博奕であろう。屋敷でご禁制の賭博を開く幕臣を町奉行所は手入れできぬ。寺社や武家屋敷に堂々と踏み込めるのは火付盗賊改方であったな。よし、若年寄にわしから耳打ちいたそう。二十九日の夜が楽しみじゃ」

「では、それまでに池上の賭博の動かぬ証拠、弥太郎に集めさせましょう。今、客として入り浸っておりますので」

「半太夫、子飼いの弥太郎も役に立っておるようじゃな」

若狭介に言われて、半太夫もうれしそうにうなずく。

「ありがたきお言葉」

「ひとつご家老様にお願いがございます」

「なんじゃな」

勘兵衛が半太夫に言う。

「ご家老様は赤坂の山崎屋主人をご存じでしょうか」

「昨年の春、小波を宿下がりさせた折、主の清兵衛《せいべえ》には会うておるが」

「わたくしどもで賊徒待ち伏せの仕込みはいたしますが、ご家老様から山崎屋に口を利いてはいただけますまいか」

「そうじゃな。そのほうらがいきなり山崎屋を訪ねても不審に思われるであろう。では、賊徒襲撃を事前に伝え、小栗藩家中の者が待機する手順といたそう。勘兵衛、そのほうら、当夜は小栗藩家中を名乗ればよい」

「ありがとうございます」

若狭介が厳《おごそ》かに命じる。

「では、勘兵衛、世直しの役目を申しつける。池上長七郎の悪事を阻止し、決着をつけるよう心してかかれ」

「ははあ、承知いたしました」

四

五月下旬に梅雨は明け、夏らしい気候となった。夜の巷《ちまた》に漆黒の闇がどこまでも広がっている。明石屋治兵衛はひたすら夜道を急いだ。

女房のお峰が姿を消して、もう数日になる。明日はいよいよ晦日。博奕で負けた金に利息がついて証文を書き換えられ、三千両を返さなければ店も土地も取られる。四代続いた老舗なのに、とうとう俺の代で潰してしまうのだ。

二年前に親父が死んで、それよりもっと前におふくろが死んでいる。二十七で明石屋主人となり、去年、赤坂の山崎屋の娘お峰を嫁にもらった。美人で行儀作法も行き届き、非の打ちどころのない女だが、面白みもなかった。

女遊びもせず、酒も弱い治兵衛が昨年、歳忘れの会の流れで、博奕に誘われ、世の中にこんなに面白いものがあるのかと夢中になった。

それからは寝ても覚めても壺の中の骰子の目のことしか頭になくなる。菊坂町の勝五郎の子分と知り合い、本郷の池上長七郎の賭場に通う。上等の客ばかりで、賭け金も大きい。勝てば大金が手に入るし、負ければ大金を失う。しかも殿様は元火付盗賊改方の頭なのだ。

無頼の博徒と付き合うのも面白いが、旗本屋敷で上客として扱われるのも小気味よい。大物になった気がする。

だが、負けがどんどん増え、晦日が期限で、三千両。払えなければ、すべてなくしてしまう。

頼みの綱はお峰の父親、舅の山崎屋清兵衛。何度も無心に行き、いくらか貸してはもらったが、娘のためであっても、一度に三千両も出してくれない。

お峰を勝五郎に差し出せば、少しは加減してもらえる。が、そのお峰もいなくなった。ひょっとして、実家に逃げ帰っているのか。ならば首に縄つけてでも勝五郎のところに引っ立てていこう。自分の女房を自分の好きなようにしてなにが悪い。

赤坂新町の往来に人はだれも歩いていない。まだ五つを過ぎたばかりだというのに、これが山手なのだ。

山崎屋の看板が見えた。近づいて表戸を叩く。

「もし、ごめんください」

もう一度叩くと、中から声がする。

「どなたですか、もう店は終わっておりますよ」

「京橋の明石屋からまいりました、治兵衛でございます」

「ちょいとお待ちください」

くぐり戸が開く。

「明石屋の旦那様、どうぞ」

中から姿を現したのはたくましい大男である。身なりは番頭というより、下男であろう。大男の下男はさっと戸締まりをする。

店には行燈《あんどん》がいくつも灯され明るいが、主人も奉公人もだれも姿を現さない。

「おまえ、初めて見る顔だが、この家の奉公人かい」

「へい、あんた、ほんとに明石屋の旦那様かい」

「そうだよ」

治兵衛は店内を見回す。

「灯りがついたままだが、おまえの他にお店の人たち、どうしてだれも出てこないんだい。まだお休みじゃないだろう。旦那の清兵衛さんに用があってきたんだが、取り次いでもらえないか。大事な話で」

「その大事な話、代わりにわしが聞こうか」

奥から勘兵衛が現れる。袴を着け腰に帯刀、武士の拵《こしら》えである。

「わっ、なんだい」

「貴様、明石屋の治兵衛か」

「そうだよ。おまえさんは」

「だれでもよい。貴様、なにしにまいったのじゃ」

「女房を探しに来たんですよ。お峰がここにいるんじゃないかと。いったいどうなってるんです。なにかあるんですか」

奥からもうひとりの武士が現れる。徳次郎である。

「お頭、この者、明石屋治兵衛に間違いございませぬ」

「さようか」

「賊徒と気脈を通じておるやもしれず、引き込み役ではなかろうかと存じます」

「おとなしくさせておくがよい」

「はっ」

徳次郎は治兵衛の腹に拳を突き立てる。

「うぐっ」

気を失う治兵衛を下男に扮した熊吉が縛りあげる。

「こいつが引き込み役なら、賊ども、外で合図を待っているかもしれません」

「うん、来るのはわかっている。もう少し様子を見よう」

しばらくして、外から戸をとんとん叩く音。

「熊さん、頼んだよ」

勘兵衛と徳次郎は奥に姿を隠す。

熊吉は外に向かって返事する。

「どちらさんでございますか」

「夜分すいませんねえ。ちょいとお開け願えますかな」

「はい」

熊吉が戸を開けると、頬被りの銀八が顔を出す。

「ちょいと、旦那に大事な用がありまして」

銀八がずかずかと入り込むと、それに続いて黒装束に覆面の男たちがなだれ込むように入ってくる。

「なんですか、おまえさんたち」

「見ての通りよ」

首領格の勝五郎が熊吉を睨みつける。

「なんだ、だれもいねえのかよ」

男たち、店の中を見回す。

「おい、大きいの。他の奉公人はみんなどうした。主の居場所に案内しな。近所迷惑になるから、騒がずおとなしくしてるんだぜ」

「それには及ばぬぞ」

奥から勘兵衛、徳次郎、左内、半次が現れる。みな同様の武士の姿。

「うわ」

それをみた銀八、見覚えのある長屋の顔ぶれと気づき、隅に引っ込む。

虚勢を張る勝五郎。

「なんだ、てめえら」

「わからんか。見ての通り、貴様ら、御用であるぞ」

「なにをっ、みんな、やっちまえ」

「おうっ」

黒装束の賊たち、刀を抜いて、勘兵衛らに向かう。

さっと飛び出し、抜き打ちに三人を斬り倒す左内。

「わあ」

あまりの素早さに恐れて、戸口に逃げ出そうとする者もいる。

「うおお」

熊吉が叫びながら、戸口の前に立ちふさがり、次々と三人の男を殴り倒す。

「おうっ、みんな怯むんじゃねえ。やっちまえ」

勝五郎の怒声とともに残る黒装束たちは勘兵衛らに向かって剣を構える。

「刃向かう者は斬ってよいぞ」

そう言いながらも勘兵衛は殺さずに刀の背で相手を叩きふせる。

乱闘の隙を見て、こっそり逃げ出し、戸口に向かう銀八、戸を開けて、外へ出たところ、お京がにっこり。

「わっ」

「逃がさないわよ、銀の字」

「お京さん、みなさん、月ノ輪のお身内さんでござんすね。あたくし、殺生は苦手でいつも丸腰です。どうか命ばかりはお助けを。うぐっ」

お京の当身で気絶する銀八。

店内での斬り合いは終結し、死骸は最初に左内に斬られた三人だけで、あとはみな縄を打たれた。気を失ったままの治兵衛も同様に縛られ転がっている。

「みなさま、ご苦労様でございます」

侍姿の玄信に守られながら、奥から主人の清兵衛と奉公人たちがぞろぞろと出てくる。

「うむ、清兵衛殿、みな無事でござろうな」

勘兵衛に言われて、清兵衛は頭を下げる。

「はい、ありがとうございます」

「われらはこれにて引き上げ申す。間もなく町方の手の者が参るであろう。清兵衛殿、あとはお任せいたす」

「どうか、ご家老様によろしくお伝えくださいませ」

その夜、本郷の池上長七郎の屋敷が三十名の火付盗賊改方によって包囲された。

与力が表のくぐり戸を叩くと、中から開いた。が、門番はおらず、伊勢屋貫太郎に扮した弥太郎が与力に頭を下げる。

「吉田《よしだ》様ですね。お待ちしておりました」

「うむ」

与力と同心が次々に屋敷内に入る。

奥座敷では博奕の開帳が行われていたが、同心たちに踏み込まれ、旦那衆はとまどいながらも、その場で動けずにいる。

与力の指図で、同心が逃げようとする三人の博徒に十手《じって》を叩きつけ、取り押さえる。

「奥にご案内いたします」

弥太郎に案内されて与力と数名の同心が奥座敷まで行き、唐紙を開けると、中でひとり盃を傾けていた池上長七郎が顔を歪める。

「貴様ら、どこの者じゃ。勝手に旗本の屋敷に押し込みおって。わしは元火付盗賊改方、弓頭の池上長七郎である。ただでは済まんぞ」

盃を同心に投げつける長七郎。

「見苦しい真似はおやめなされ、池上長七郎殿。われら火付け、盗賊、及び賭博を取り締まる火盗改でござる。御当家での賭博、明白ゆえ神妙に縛《ばく》につかれるがよろしかろう。刃向かえば容赦なく斬り捨てる」


五月の晦日、亀屋の二階に長屋の一同が集まり、酒宴が開かれた。上座の勘兵衛の横には井筒屋作左衛門が満面の笑みをたたえて座っている。

いつもの無礼講なので、席はそれぞれ適当である。

「みなさん、昨日はたいそうご活躍、さぞお疲れでございましょう。さっそく店賃をお配りいたします」

「久助、頼んだよ」

「はい」

勘兵衛の指示で、久助が進み出て、作左衛門から受け取った店賃をひとりひとりに配る。

「こいつはありがてえ」

さっそく中を開いて、半次が目尻を下げる。

「おっ、こんなにいただけるんで」

「お殿様もお喜びでしたのでね。勝五郎が集めた盗賊一味、左内さんが斬った三人の死骸と一緒に、みな北町奉行所に引き立てられました。みなさん、相変わらずお強いですね」

左内が申し訳なさそうに言う。

「つい、我を忘れて斬ってしまいました。刃向かう相手を殺さずに召し捕るのは、よほどの腕前だと存じます。大家殿、徳次郎殿、半次殿、みなお強い。熊吉殿は刀を振り回す相手を素手で倒されるのだから、お見事でござる」

「なにをおっしゃる。瞬時に三人、討ち取られた左内さん、無敵ですよ」

「あたしだけ、出番がなかったな」

二平が言う。

「昨夜は裏口の見張りに立っていただけで」

「なにをおっしゃる二平殿。裏の固めも大事でござる。なにごともなく、よろしゅうござった」

左内は珍しく二平にも労《ねぎら》いの言葉をかけている。よほどうれしいのだろう。

「盗賊ども、みなさんのお力で捕縛されましたが、奉行所送りになった罪人の中に明石屋治兵衛も紛れており、自分は山崎屋を訪ねただけで、一味と無縁であると申し立てましたが、勝五郎とは顔なじみの腐れ縁で多額の借金もあり、それゆえに引き込みを疑われて、一味とともに大番屋送りとなりました。いずれ、伝馬町に入れられ、お裁きになりましょう」

「では、明石屋の店はどうなるんでしょう」

心配顔の徳次郎である。

「さあ、どんな決着がつくでしょうね。治兵衛には子がなく、女房は尼寺です。店が潰れるか、人手に渡るか、奉公人は職を失うか、扇を納めていた職人、お得意先の客、残された者はみな不安でしょう。そこが商売の難しいところです」

大店の主人らしい思いを漏らす作左衛門であった。

「それはそうと、弥太郎さんには池上の屋敷で働いてもらいました。火付盗賊改方の手引きをしていただき、長七郎は即刻、評定所送りとなります」

うなずく弥太郎。

「これといった働きはしておりませんが、あそこの賭場はおしまいです。客で来ていた旦那衆はひとりも捕縛されず、そのまま解き放ちとなりましたが、やはり裏でいろいろとあるんでしょうね」

作左衛門がにやり。

「さて、どうでしょう。幕閣に顔の利く大店の主や若旦那が何人も遊んでいたのですかな」

「毎晩、湯水のごとく小判と駒札がやりとりされていましたから。池上長七郎、出世など願わず、胴元だけで栄耀栄華でしたのに」

「金の力で幕閣を目指す大名もけっこうおります。人の上に立って力を揮《ふる》いたいと願うのも、人情です」

勘兵衛がうなずく。

「井筒屋さん、まあ、わたしたちは縁の下で満足ですよ。そうだよね、みんな」

「はい、縁の下の一番の力持ちは熊さんかな」

笑い声の絶えない宴であった。

江戸城本丸の老中御用部屋、老中首座の牧村能登守《まきむらのとのかみ》を筆頭に、森田肥前守《もりたひぜんのかみ》、大石《おおいし》美濃守《みののかみ》、宍倉大炊頭《ししくらおおいのかみ》、そして松平若狭介の五名が北町奉行坂口伊予守からの仕置伺いについて重罪人の処置を協議している。

「北の伊予守殿は三月の新任で、盗賊一味を捕縛なされるとは、なかなかのお働きですな」

森田肥前守が感心する。

「さよう。江戸での盗賊は近頃珍しゅうござる。しかも、未然に捕縛し、大事にいたらなかったのはまことに重畳《ちょうじょう》」

筆頭の能登守が満足そうにうなずく。

「首領の勝五郎は博徒をいたしながら、配下を集めて凶行に及ぼうとしていた。首領ゆえ獄門とのお裁き、よろしゅうござろうか」

「御意」

「あとの、江戸に流れてきた凶状持ちだが、諸国や街道を荒らす渡世人でござる。これも勝五郎同様獄門でよいかな」

「御意」

「そして、残りの者、みなみな盗みや強請《ゆす》りたかり、嫌われ者ゆえ、死罪でよろしいかな」

「御意」

「なかにひとり、明石屋治兵衛なる者、襲撃の的となった山崎屋の娘と婚姻いたしおり、たまたま居合わせただけと申し立てておるが、首領勝五郎と懇意にして多額の借金をしておる。引き込みの疑いあり、死罪より一等軽く、遠島《えんとう》とのこと。よろしゅうござるか」

「御意」

「それにしても、町奉行の働きめざましく、大事なかったが、盗賊横行いたせば火付盗賊改方についても、若年寄と協議いたすべきか。が、このほど賭博で捕縛となった池上長七郎、かつて先手組の組頭であり火付盗賊改の加役も仰せつかりながら、火付盗賊改に踏み込まれるとは、いずれ切腹、池上家は断絶の沙汰が下るであろう。やはり加役などが働かぬ平穏な世が望ましいと存ずる。いかがでござろう」

「能登守様、ごもっともでございます」

大きくうなずく若狭介であった。

「お峰さん、お客様ですよ」

庭をぼんやり眺めていたお峰に、春英が声をかけた。

「どなたでしょうか」

「あなたをここに連れてこられた徳次郎さんとおっしゃる方が」

「まあ、徳次郎さんが」

「お通ししましょうか」

「はい、お願いいたします」

春英に案内されて、徳次郎が座敷に入る。

「お峰さん、ごぶさたしております」

「徳次郎さん、その節はお世話になりました」

「いかがです。こちらは慣れられましたかな」

「はい、庵主様もみなさまも親切なお方で、家にいたときよりも心が休まります」

「それはよろしゅうございました。今日はご報告に参りました」

お峰は訝《いぶか》しそうに徳次郎を見る。

「なんのことでしょう」

「京橋のお店のことです」

「はあ」

お峰は気がなさそうにうなずく。

「とうとうなくなったんですね。あの家、借金の形《かた》にとられて」

徳次郎は首を横に振る。

「いえ、お店はそのままです」

「え、では、主人はまだ博奕に狂っているのでしょうか」

「いえ、その後、いろいろとありまして」

ふうっと溜息をつくお峰。

「今のわたくしは世捨て人。以前のことはきれいに忘れました」

「赤坂の山崎屋さんに盗賊が押し入りまして」

「まあっ」

お峰は息を吞む。

「おとっつぁんは」

「清兵衛さんもお店の方々も大事ありません。盗賊は未然に取り押さえられました。ただ、賊の中に治兵衛さんがおりまして」

「まあ、なんて人かしら」

「治兵衛さんは遠島になりました」

「そうですか。自業自得です。なんの未練もありません」

「京橋のお店は山崎屋清兵衛さんが見守り、大番頭さんがそのまま引き継いで潰れずに済み、奉公人も出入りの職人もそのまま続けられるとのこと。ご安心ください」

「ありがとうございます」

「そのことだけ、お伝えしにまいりました」

お峰は立ち上がり、鏡台にあった扇を手に取る。

「これをお受け取りくださいませ」

「なんでしょう」

「わたくしの形見と思《おぼ》し召してくださいませ」

「あなたの形見」

「出家いたしますので」

得度《とくど》して尼になるというのか。

「さようですか」

扇を開くと、打ち寄せる波に浮かぶ小舟が描かれている。じっと絵柄を見つめる徳次郎。

「あなたにはなにからなにまでお世話になりました。ありがとうございます。ご恩は忘れません。主計様」

「え」

「見ず知らずの小間物屋さんが、わたくしにそこまでしてくださるとは思えませんでした。川で身を投げようとしたわたくしを抱きとめてくださったとき、あなたの腕の中で、あなたの温もりを思い出し、あなたが主計様ではないかと。そうでございましょう」

「小波殿」

「やはり、あなただったのですね」

お峰の目に涙が流れる。

「なにゆえ町人に身をやつしているかは、申せません」

「わたくしもうかがいません。そして、もう二度とここへはいらっしゃらないで」

「これが最後なのですね。小波殿」

お峰は徳次郎に身をゆだね、徳次郎は力いっぱい抱きしめる。

「今生《こんじょう》のお別れです。主計様」

もう二度と恋をすることなどない。徳次郎は振り返りもせず、尼寺を出た。

「夏だねえ、お京さん」

「ほんと、大家さんと観音様にお参りできるなんて、あたし、うれしい」

浅草寺の茶店で茶を飲むふたり。

「あ、来ましたよ」

お京が目を向けた方角から、風采のあがらぬ小柄な男が近づき、頭を下げる。幇間の銀八であった。

「どうも。お京さん、その節は。へへへ、こりゃあ亀屋の旦那、大家の勘兵衛さんですね」

「うん、うちの長屋にはまだ空きがないよ」

「存じております」

へらへらしている銀八を、勘兵衛はぐっと睨む。

「まあ、そこへ掛けろ」

「へい」

隣の床几《しょうぎ》に腰掛ける銀八。茶店の女中が茶を置いて、無言で引っ込む。周囲に客はいない。

「銀八、わしはおまえがただの幇間でないことは承知しておる」

ちらっとお京を見て、うなだれる銀八。

「なにもかもお見通しでござんすね。赤坂の経師屋で長屋のみなさんをお見かけしたときから観念しております。亀屋の旦那、いえ、月ノ輪の親方」

「うむ、ならば話は早い。山崎屋に押し入った賊は四人が獄門、あとの連中は死罪打ち首となった。当然の報いじゃ」

「長屋のみなさん、お強うございますなあ。ご浪人だけでなく、月ノ輪の親方も他の方々も元はお武家様ですね」

「わかるか」

「わかりますとも。あの夜の剣のお手並み、身がすくみました。しかし、なにゆえに月ノ輪のみなさんが山崎屋で待ち構えておられたんですか」

「蛇の道は蛇。われらの手先はあらゆるところに潜んでおる。池上の企みを見抜いて先手を打ったのじゃ」

銀八は扇子で額をぽんと打つ。

「畏れ入りやした。ですが、あたくしひとりだけ、どうしてお縄にならなかったのでしょう」

「なぜだと思う」

「さっぱりわかりません」

「それはおまえが狗《いぬ》だからだ。元は都鳥の孫右衛門一味、火盗改に寝返って、仲間を売ったであろう」

銀八は青ざめる。

「おっしゃる通り。あたくし、浅ましい狗でございます」

「今、おまえがお縄になれば、お白洲で、わしの長屋のこと、ぺらぺらとしゃべるであろう。そうなれば、今後の仕事がやりにくくなる」

大きく首を横に振る銀八。

「とんでもない。盗っ人長屋のことは口が裂けても申しませんよう」

「赤坂の一件から何日も経っておる。おまえ、逃げようと思えば逃げられたのではないか。どうして、いつまでも今戸にとどまっておるのじゃ」

銀八はお京を見る。

「そちらのお京ねえさんが、指図があるまで動くんじゃないとおっしゃったからで。あたくしが都鳥を裏切ったこと、他の盗っ人仲間に知れたら、どこへ行ったたって、ただじゃ済みませんや。あ、親方、ひょっとして、あたくしをお仕置きなさるおつもりですか」

「生かしておいては、仁義にそむこう」

うなずく銀八。

「覚悟はできております」

「さんざん悪事を働き、思い残すことはないか。おまえ、どうして盗っ人になった」

茶を一口ごくりと飲む銀八。

「お定まりでございます。親の顔も満足に知らず、物心ついた頃には物乞い、置き引き、空き巣狙いで食いつないでおりました。そんな幼いあたくしを拾ってくれたのが、明烏《あけがらす》の千次郎《せんじろう》親分でして、ご存じでしょうか」

「知らんな」

「月ノ輪の親方の前でなんでございますが、明烏の親分は昔気質で盗っ人の鑑《かがみ》、盗みはすれど非道はせず。手下も多くて、これと目をつけた家をじっくりと調べあげ、ごっそりと盗みますが、決して殺さず、女は犯さず、忍び込むのは悪どく儲けている分限者《ぶげんしゃ》ばかり。名人でございました。あたくしは長年、この親分の下で盗みの修練を積みました。ところが盗っ人の中には性根の腐った極悪非道の輩《やから》も大勢おります。千次郎親分と張り合っていた孫右衛門の野郎、親分を騙し討ちにして、一味を乗っ取り、力まかせの極道働き。あたくし、仕方なく、手下になっておりました。この孫右衛門が街道を荒らし、江戸に入ったのが四年前、金を盗むだけではなく、面白半分に女を犯し、子供まで殺す。それゆえ、あたくし、火盗改の池上の殿様に捕まったとき、洗いざらい申し上げて、寺に隠れていた一味徒党、皆殺しになりました。ざまあみろってんだ」

「ほう、すると、おまえは幼い頃に拾ってくれた養い親、千次郎の敵《かたき》を討ったことになるな」

「いえいえ、あたくしのような虫けら同然の小悪党が敵討ちなんぞ、そんな大それた望みはございません。ですが、泣きながら命乞いして責め殺される孫右衛門を見て、気が晴れたのはほんとうです」

「おまえは今まで一度も殺したり犯したりはしていないのか」

「盗みは芸のうち、血腥《なまぐさ》いことはいっさい嫌いでございます。それでも十両どころか何百両も盗んでおりますから、お縄になれば、打ち首は免れません」

「なるほど、死ぬ覚悟はできておるな」

「へへ、池上の殿様も腹を切ったそうで、せいせいしました。この先、生きていたって、盗っ人の仲間には戻れませんし、幇間の芸も食っていけるほど達者じゃありません。どうぞ、親方、煮るなり焼くなり、好きになさってくださいまし」

「そうじゃのう」

「銀の字」

横からお京が言う。

「おまえさん、探るのがうまいじゃないか。うちの長屋に目をつけて、ただの長屋じゃないと気づいたんだね」

「はい、思えば去年の津ノ国屋。潰れる前にごっそり大金が消えたというのは、月ノ輪親方、長屋のみなさんのお働きでございましょう。盗みは気づかれずにそっとやるのが名人。どんな仕掛けを駆使なされたかは存じませんが、見事なものですねえ」

「そうとも。われらはみんな曲者《くせもの》ぞろいじゃ。いつも目を光らせておる」

「わかっております。逃げも隠れもいたしません」

「さて、ご一同」

周囲を見渡す勘兵衛。

「この者、いかがいたそうかのう」

いつの間にか、茶店の床几に浪人の左内、大男の熊吉、易者の玄信、町人姿の半次、徳次郎、二平、弥太郎、産婆のお梅が付かず離れず座っており、他の客はだれもいない。

「わあ」

息を呑む銀八。

「こやつ、ばっさりと片付けるのがよろしかろうと存ずる。長屋のことが漏れては面倒でござる」

　左内に言われて、潔く頭を下げる銀八。

「はい、ではどうか、一思《ひと》いにやっておくんなさいまし。みなさんのこと、忘れようったって、そうは忘れられませんや」

　玄信がうなずく。

「たしかに忘れられまい。が、忘れなくとも、殺生に及ばぬ手がひとつあるのでは」

「ほう、なにかな」

　勘兵衛は首を傾げる。

「そんな手がありますか」

「さよう。聞けば、この者、盗みはすれど非道はせず。おのれを虫けら同然と申しておるが、一寸の虫にも五分の魂。盗賊の動向に詳しいはず。火盗改の狗ではなく、われらの手先に使ってはどうか」

「うーん」

　一同は玄信の言葉を吟味する。

「どうじゃな、銀八」

　勘兵衛が銀八を見つめる。

「われらの手先か。それともこの場で死にたいか」

「いいえ、死にたくはございません」

「みんな、いかがかな」

「わかりもうした」

左内がうなずく。

「われらの目は節穴ではない。なにかあれば、拙者が速やかに始末いたそう」

「では、銀八、今まで通り、芸はまずくとも幇間をいたせ。長屋のこと、決して漏らすでないぞ」

「へい、ありがとう存じます」

殺生は性に合わぬ。この幇間、なにかと役に立ちそうだ。一同と顔を見合わせ、にやりと微笑む勘兵衛であった。

時代小説
二見時代小説文庫

盗《ぬす》っ人《と》長屋《ながや》　大江戸《おおえど》秘密指令《ひみつしれい》6

二〇二四年十一月二十五日　初版発行

著者　伊丹《いたみ》　完《かん》

発行所　株式会社　二見書房
〒一〇一-八四〇五
東京都千代田区神田三崎町二-一八-一一
電話　〇三-三五一五-二三一一［営業］
〇三-三五一五-二三一三［編集］
振替　〇〇一七〇-四-二六三九

印刷　株式会社　堀内印刷所
製本　株式会社　村上製本所

落丁・乱丁本はお取り替えいたします。定価は、カバーに表示してあります。
 ISBN978-4-576-24101-2
https://www.futami.co.jp/